一种模仿的

精神生活

杨庆祥 ——— 著

北 京 出 版 集 团
北京十月文艺出版社

共饮的花园

好些时间在荒原里

走进人间的烟火

共饮的
花园

骗局和寓言

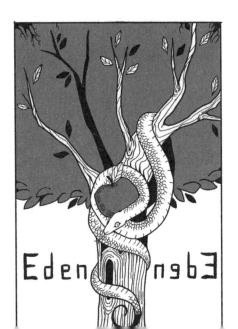

这一骗局至少涉及两个男人，一个女人，还有一条蛇。整个欺骗几乎是环环相扣的。上帝欺骗亚当和夏娃，因为上帝希望人类有大的幸福，这一大的幸福就是在伊甸园里过无忧无虑的生活，上帝是一个颇具童心和有着超凡的想象力的男人，从人的意义上说他是至善的，但和所有优秀的男人一样，他高度自恋和高度以自我为中心。他最终将为此付出代价：伤心或失眠。

蛇是诱惑。与那唯一的树上唯一的果实相比，蛇的诱惑才是致命的。蛇从来不在上帝的想象之内，因为上帝在高处，而蛇却从来都是匍匐前行，上帝精致的大脑难以构想这种低俗的生物。而恰恰是，最高贵的往往溃于最低俗的，这可能是宇宙间一条永恒的法则。

蛇最善于亲吻脚踝，脚踝当然是无罪的，但关键在于，不止有一条蛇，一条蛇永远败坏不了什么，而是有两条：身体之外的和身体之内的蛇。一条蛇触动了另一条，它们有令人颤抖的力量，夏娃在一瞬间被诱惑，诱惑是一场更大的欺骗。因为蛇提供的想象极其粗糙，总会因为无法兑现而留下巨大的真空。但这次欺骗的成功却值得深思，至少对生理学家来说是一个难题：那身内的蛇来自何方？如果上帝是全知全能的，如果按照普遍的说法，夏娃只是上帝造就的，为什么会留下这一误笔？或许可以这样解释：上帝在某些时候是恶作剧式的，他故意给夏娃一次被骗的机会，他开始的"造就"是为了最后的"遗弃"，而他的矜持使他不会主动开口，他必须等待"罪恶"发生。

夏娃于是去欺骗另一个男人，亚当。按照经典的叙述，夏娃是亚当的一根肋骨，但基本上可以认为这种说法是男权主义者们虚构出来的。夏娃和亚当之间并不存在谁属于谁，也没有谁先于谁的问题，因为他们并不是"人"，而是一个想象的产物，是上帝为了制造"罪"而发明的两个"虚无"和"荒诞"。即使如此，欺骗也仍然在发生，夏娃告诉亚当：只要听她的，服从她，她将会和他在一起，将会拥有幸福。如此说来，夏娃学到了一点上帝的气质，她像上帝一样善于使用语言和承诺。但她不可能上升到一种高度，首先是因为她受制于体内的蛇；其次是因为她所面对的、所能命令和驱遣的仅是亚当，一个没有表达能力、头脑简单、在上帝的人物谱系中几乎可以省略的一个男人。

夏娃的欺骗获得暂时性的成功。

这一次巨大的骗局造就了两件值得描述的后果：一是"罪"，二是"驱逐"。

"罪"并不如某些教徒所言是预定的，它只是在某一时刻才成为人类的枷锁，那就是在夏娃和亚当偷吃果实后的那一刻产生的感觉：羞耻。罪的最初形态是羞耻感，它仅仅关乎心灵。随着人类的发展，罪越来越被身体化，我们知道，根据《圣经》的记载，对不忠的女人的惩罚是用乱石砸死，这是上帝的使者摩西在山顶上宣布的，但摩西假借了上帝的意愿，上帝对惩罚身体并不感兴趣，因为对上帝来说，夏娃和亚当的身体是早就熟悉了的，甚至是产生了审美疲劳的，上帝的童贞和至善也不允许他那样做。实际上对女人的惩罚来自亚当的担忧和焦虑，这个蠢笨的男人在某一夜灵感大发，他想起了一件严峻的事情：既然夏娃可以背叛上帝，那她也就有可能背叛我。既然亚当没有上帝的气度和自信，他就只有采用最野蛮的办法，用乱石砸死她。在这种契约中，亚当欺骗了夏娃，幸福离开想象是不可能存在的，对开始幸福的答复是一堆乱石冢。

"驱逐"意味着上帝再也看不见夏娃和亚当了，他可能在午夜怀念那条蛇，身外的和身内的，这是上帝希望看到的或者有意为之的吗？他可能感到怅惘。持火剑的天神紧紧把守着伊甸园，上帝的心灵和想象不再对人类开放，但这不正是上帝的脆弱吗？最华美的最易碎，上帝为自己的想象付出了伤痛，他可能需要在一座人类的图书馆里，而不是他自己的伊甸园里，用漫长的一生去修复他曾经无懈可击的想象之翼。

"驱逐"也意味着一条自我放逐之路的开始，"从某一点

7

开始不再有回头路"，面前是一片黄沙莽莽，大野荒荒，那里没有想象和纯洁，代之的是嫉妒、仇恨、争夺和无休无止的相互折磨。罪在这一点成为本质，成为不可预定的预定。

在这场欺骗中获利最大的是蛇。它会在一些夜里孤芳自赏，得意于它轻易就结束了那一场最初的或许也可以永恒的想象。蛇就是蛇，无所谓善恶，永远在不可告人的地方策划不可告人的事情。但不要责怪它，它仅仅是一切人的试金石，是上帝的，也是全部所有人的。

一切都发生了，一个大骗局中包含着无数个小的骗局，并将不断地继续下去，循环永远，每一个身处其中的人都是有罪的，不可饶恕。

不死的传说和哲学

东西方对肉体的态度是不同的。古希腊人可能更看重肉体的密度、质量和在空间中的位置，古希腊雕塑艺术的发达与这一观念密切相关，在《掷铁饼者》等一系列伟大的形体艺术中，我们看到的是饱满、充盈的肉体在空间中的存在。"阿喀琉斯之踵"说明古希腊人并不追求肉体的长生不死，他们给每个神安排了一处致命之伤，从而在一定条件下可以结束肉体在时间上无限延续的可能。

与古希腊人不同，中国人似乎更看重肉体在时间上的无限延续。我们知道那位伟大而孤独的帝王，始皇帝，为了长生不死，曾派出一个叫徐福的人率五百童男童女去寻求上古地理志中记载的神仙之境，因为据说在那里生活的人与日月齐寿。后来的汉武帝、宋徽宗、明成祖等帝王都曾在这方面花费大量的心血。虽然他们最终的结果都是意料之中的失败，但却留下了一整套比较系统的追求"肉体不灭"的方案，这些方案包括：服食灵丹妙药；参悟某一篇或几篇神秘的经文；获得某一位前辈仙人的指引；在一位术士的帮助下举行巫术仪式；等等。这些追求者们坚信肉体的长存是可以实现的，他们将他们的失败归结为自己道德上的不完善或者是方案执行中不可避免的疏忽。

对肉体长生不死的强烈迷恋来自于这样一种信念，那就是认为"不死之身"一旦获得，一种圆满的、自由的、幸福的生活就会开始。但情况果真如此吗？肉体不死或者肉体长生果真能带来幸福吗？

古希腊人有诸多故事对此给予了否定的答案。作为"盗火者"的普罗米修斯显然不希望肉体长生，因为"不死"的肉体是宙斯得以折磨他的唯一载体。那位立在水中的神，他永远不能得以饮到那嘴前的水，因此他不得不永享那干渴之痛苦。加缪把西西弗斯的神话变成了一种时尚的大众哲学，在不能摆脱的石头和引力的关系中，生命的痛苦无限接近于叔本华的钟摆，西西弗斯的痛苦何在？只是因为肉体在时间上的不灭而已。正因为如此，加缪说："自杀是哲学的首要命题。"

中国的大多数神仙故事戛然而止于肉体脱胎换骨的那一刻，时空在这一点转换，自此以后的幸福似乎不言自明。但有一个故事却透露了一些不祥的信息，这就是在中国耳熟能详的"嫦娥奔月"。

嫦娥除了美丽好像一无是处，她背叛了自己的丈夫后羿，偷吃了可以使人长生的灵药，然后羽化升空，飞向了月亮上的广寒宫。但奇怪的是，一向视女人的不忠为罪大恶极的中国人似乎并没有严厉地苛责这位女子，相反，倒是给予了更多的同情和怜悯。唐朝的李商隐专门有一首诗歌咏此事："云母屏风烛影深，长河渐落晓星沉。嫦娥应悔偷灵药，碧海青天夜夜心。"李商隐的想象完全建立在一种对世俗生活的高度肯定的基础上：如果没有人间诸多情仇爱恨的陪伴缠绕，那嫦娥不死的生活将会是多么空虚寂寞啊。

与此相关的是"吴刚伐桂"的传说。每当月圆之时，我们总能看到皎洁的月亮上似乎有些影子在活动。据说那就是吴刚在砍伐桂树了。吴刚用力地挥动斧头，砍伐他面前的那株古老的月桂树，就在树干即将断裂，大功行将告成之时，一只鸟或者说是嫦娥的玉兔突然出来偷吃吴刚放在不远处的食物，吴刚转身去驱逐它们，就在他转身的一刹那，月桂树重新生长，和以前一样完好无损。于是吴刚重新砍伐，一切都会重复一遍：偷吃食物，驱赶，重新生长，砍伐。吴刚永远在砍伐一棵永远砍伐不掉的树。这里同样暗示了肉体不死的悲哀：只要这个故事中的任何一个生命死亡，月桂、吴刚、鸟或玉兔，这无休止的伐木生活立即就会停止，生命或许就会展开另一幅图景。但是没有，重复导致了生命不可再生的匮乏。

最令人怀疑的是那只偷吃食物的动物，有的传说中是鸟，有的传说中是嫦娥的玉兔，我更相信后者，因为我更愿意恶意地揣测嫦娥：一个异性的男人，一股阳刚之气，伴着人间烟火味的"伐木丁丁"……这一切，多少能给她无法消磨的时光些许安慰。

肉体的"死"与"不死"实际上远不是一个简单的关乎个人的生活幸福与否的问题，而是一个历史和美学的命题。歌德对此理解颇深，在《浮士德》中，那位与魔鬼立约的博士上天下地，纵横古今，最后当他感叹地说一句："真美啊，不朽的人类和劳作。"他的生命就走到了尽头。在我看来，不是先有人类的不朽劳作然后有生命的死亡，而是先有生命的死亡而后才有人类不朽的劳作。这个次序正是歌德叙述和想象的次序，也是历史的合乎理性的逻辑。

只有面对肉体死亡的事实，许多东西才变得格外珍贵起来：青春、时光、往事、想象、曾经的爱和永恒的废墟。肉体的衰老和死亡因此是美的，所以，夏多布里昂说："没有原创的衰老，幼稚的大自然就没有堕落的大自然美丽。"

顾城祭：

"我是一个任性的孩子"

——顾城谢烨逝世二十四周年

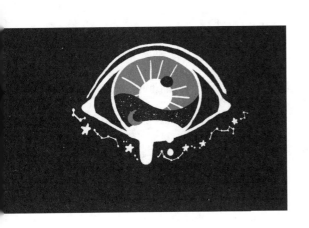

如果没有1993年10月8日新西兰激流岛上那诡异而血腥的一幕，诗人顾城今年六十一岁了，而他的妻子，谢烨，五十九岁。我们已经不能想象六十一岁的顾城和五十九岁的谢烨的样子，就像我们不敢想象那个下午，这对浴血的男女是如何痛苦挣扎地进入到另一个世界。

　　1956年，顾城生于北京，和所有普通人一样，在最初的岁月里，他并无任何不同。但天才的光芒已经迫不及待地绽放，"我失去了一只臂膀/就睁开了一只眼睛"，这首名为《杨树》的诗作，写于1964年，顾城八岁。其父顾工看后大为惊叹，这两句诗，已经超出同是诗人的父亲许多许多。

顾城碰上了一个好时代。"黑夜给了我黑色的眼睛/我却用它寻找光明。"二十世纪八十年代万物复苏，百废待兴，一个属于文人和诗人的时代正在地平线上冉冉升起，新时代呼唤着他们的心灵形式，而顾城，当他用一种孩子式的天真歌唱时，他成为时代的"宠儿"。

我是一个任性的孩子

——我想在大地上画满窗子，
让所有习惯黑暗的眼睛都习惯光明。

也许
我是被妈妈宠坏的孩子
我任性
我希望
每一个时刻
都像彩色蜡笔那样美丽
我希望

能在心爱的白纸上画画

画出笨拙的自由

画下一只永远不会

流泪的眼睛

……

人们赞赏他的高傲、清贫，人们甚至允许他的任性，不因为别的，仅仅是他让人瞠目结舌的耀眼才华。"只有才华才是唯一可以骄傲的东西，只有才华才值得被挥霍和放荡。"十八世纪的另外一位怪杰，萨德侯爵，曾经这么说过。

但最初的顾城，不过是一个执着的求爱少年。

1979年7月，在上海开往北京的火车上，顾城与谢烨相遇，也许只是一次最简单的四目相逢，但爱的烈焰，却在瞬间腾空而起。在随后的信件来往中，顾城说："我觉得你亮得耀眼，使我的目光无法停留。"在这一次的旅途中，顾城画了一幅画，里面画了坐在他周围所有的人，唯独没有谢烨——他并不知道将谢烨放在什么位置，放在普通人里，那光芒不对；放在圣灵的行列，那光芒也不对。这几乎是一个充满危险的前定，最初的无意识将被证明是命定的预兆，一切只等故事的展开。

那是最幸福的日子，混合了呵护、理解、崇拜、依赖等等复杂情愫的爱综合为蜜与糖。诗歌的幸福可能是形式的，而男女之间的爱却是可以穿透生命暗流的力量，它将人性的善汇聚为生活的神性：有一次这对贫穷的恋人有了一百五十元稿费的巨款，他们手牵手将它存入了银行，然后上午手牵手去取了十元，下午又手牵手去取了十元，第二天上午又手牵手去取了十元……维系这一切的前提是，均衡不能被打破。此时的顾城和谢烨，就是一对均衡的纺锤，顾城是唯美的，童话的，精神的；而谢烨，则提供了务实的，成人的，世俗的。他们互相吸取，彼此守护，顾城从谢烨那里得到的，和谢烨从顾城那里得到的，一样多，一样丰富。借此他们通向一个平衡的世界，在这个世界里，元气还没消耗，至中的道路通向的是圆满的境界。

可惜——好景不长。就像黑暗和光明在宇宙间轮回上演一样，均衡和反均衡的力量也总是在不停地博弈。当均衡被打破，心灵在黑暗力量的引导之下将会走向不可知的深渊。先哲告诫我们：凝视深渊良久，将会被深渊吞噬。而内心的恶龙一旦被惊醒，就会带来巨大的破坏。勇敢的先知们在跨越普通人的界限之时，眼前一闪，心灵和思想迎来一次崩溃，伟大的荷马、维吉尔、鲁米、但丁、莎士比亚、陶渊明、李白、杜甫在崩溃之后以巨大的智慧予以重建，他们终得至圣的境界。而尼采、荷尔德林、保罗·策兰、海子，他们在黑暗中无限下沉，最终将黑暗导引回自身，肉身毁而道不明。顾城属于这后一类，但他有更大的错位，他将谢烨视为自己，而忽视了他者的主体性。无论在哪一个法庭上，他都必须接受审判。

疑问是，这一均衡的打破是在什么时候呢？

是1986年，顾城认识英儿，在即将去国前夕，英儿对顾城大胆表白，其时谢烨就坐在旁边的沙发上，三个人内心隐晦明灭，此情此景谁勘懂？

是1988年，顾城选择定居新西兰激流岛，远离世界，醉心于自己的童话王国，却一次次在生活面前鼻青脸肿。他曾持刀斩鸡，鲜血淋淋，童话已远，母国无归。

是1992年，他赴德国参加世界哲学大会，发表演讲，语出惊人，他说：无我即我，我做我要做的一切。是否，杀人与被杀，也是无可无不可？禅语玄机，不过是凶相初现。

……

一切都成了忘川的疑问，有心无心，总是浮现。

很久前他写过一首小诗《失误》：

我本不该在世界上生活

我第一次打开小方盒

鸟就飞了，飞向阴暗的火焰

我第一次打开

1979年8月，顾城在一封写给谢烨的信中说："我站在天国门口，多少感到一点恐惧，这是第一次，生活教我谨慎，而热血却使我勇敢。"语言如谶，第一次不过是预演，第一次就是最后一次。

1993年10月8日，新西兰激流岛，顾城持斧伤谢烨，旋即自缢身亡，谢烨随后送医，同日不治身亡。

在此之前，顾城写了一首《墓床》：

我知道永逝降临，并不悲伤

松林中安放着我的愿望

下边有海，远看像水池

一点点跟我的是下午的阳光

人时已尽，人世很长

我在中间应当休息

走过的人说树枝低了

走过的人说树枝在长

今天还需要读安妮宝贝吗？

一

　　大概是在2000年，安妮宝贝——一个小女孩式的笔名开始流行。同时期流行的，大概还有村上春树和米兰·昆德拉。今天看来，他们或许对应着不同的精神层面，村上有精巧的故事和落寞的虚无，昆德拉有智慧的反讽和深刻的洞察，安妮宝贝，这位来自浙江宁波的女性，有着那个时代中国文学少有的语言和情绪。他们共同构成了千年之交的中国文化图景，以不同的方式吸引着读者，分流着人群，当然，即使在最宽泛的意义上，这些读者和人群也以都市青年居多。

我最早读到的是昆德拉的《不能承受的生命之轻》，大三，激动不已，他直接影响了我的思考方式，尤其是对媚俗的反思和批判，使得我思维中的智性被激发，自此以来一直保持着对世界的辩证态度，那是2002年左右。2003年我才读到村上的《海边的卡夫卡》，当时惊为天人，并断言：此君当获诺奖。虽然后来村上与诺奖变成了一个赌盘上的玩笑，但那初读时的惊艳还一直伴随着我，他以情爱的方式来处理历史和心理症候也一直是我赞叹之所在。读安妮宝贝最晚，2009年我在人大任教，教中国当代文学史，需要给学生讲解当代文学作品，我对那些千篇一律的文学史教材里面的作品很不满意，自己遴选了一批，其中，就有安妮宝贝的《告别薇安》。我记得我将讲解这篇作品的任务随机分给了一个出生于1990年的女大学生，没有想到的是，她声情并茂地在讲台上讲了近三十分钟。看得出来，她就是安妮宝贝的忠实读者，这个读者一直以匿名的方式存在但又支撑着中国的图书阅读市场，当这个匿名者以具体的方式出现在我的面前，我还是有些愕然，虽然我对所谓严肃文学与通俗文学之间的分野一直嗤之以鼻，但是当我的学生以青春的热情来阅读并解读安妮宝贝的时候，我意识到这不仅仅是因为流行的影响，而是有着一种内在的热情。或者说，在流行的背后，一定是有某种精神性的东西在起作用，它推促那些匿名的读者行使自己的主动权，在教材和课本之外寻求精神的慰藉或者开启。这一次，不过是选择了安妮宝贝。我的这个学生，后来以安妮宝贝为毕业论文，完成了本硕阶段的学业，并顺利地在北京的一家中学谋得了教职。对于她以及更多的读者来说，困惑之处也许在于，如果不是我的一时冲动，也许永远没有机会在学业的阶段来讲述一位他们热爱但又似乎不能公之于众的作家。

二

这或许也是我的困惑。我读《告别薇安》是在一个晚上，我得承认我被这个故事吸引了，浓郁的情绪，简笔画的人物，强烈的戏剧性，还有分寸感极好的语言。这似乎是所谓流行文学的标配，我们在三十年代的张恨水、八十年代的琼瑶身上似乎也能看到这些元素。但很显然，读安妮宝贝的不安要远远大于前者，这种不安让我觉得惊讶，作为一个职业的批评家和小说读者，似乎不能随便被一个作品扰乱理智，尤其这个作家还被认为并非在传统的文学谱系之内。但我相信被其扰乱理智的人并非我一个，比如郜元宝先生，在2010年左右，他连续撰文，标举安妮。其中一篇文章的标题尤其有意思——《向坚持严肃文学的朋友介绍安妮宝贝》：

倘没有生命体验的连续性作为实底，文字的畅达或故事的连续性就不可原谅，因为那只会变成多余和造作。与其这样，宁可选择断裂与破损。把笔大胆地交给偶然，而将熟悉的所谓必然逻辑弃置一旁，用断裂和破损的形式直接说出邂逅偶然的感触，这，几乎可以说是安妮屡试不爽的一点写作诀窍。

她没有太多因袭的重担，没有俯仰鼻息的胆怯和投机，所以她轻易拆毁了别人辛苦持守的无谓的界限。我想，这是需要一点张爱玲所谓"双手推开生死路"的蛮横之气的。

我当然赞同郜元宝的精准判断，但同时又觉得安妮宝贝的作品不能仅仅从写作学和文学史谱系上去考究。她的那些读者，其实并没有郜老师这样专业学者的知识谱系，他们对于安妮的阅读更接近原始状态，一种情感对另外一种情感的唤醒、同理和共鸣。他们在彼此的故事里找到自己，并将时代的情绪和生命的经验，带入到对故事的阅读和想象中去。因此，对我来说，这种不安恰好就是安妮宝贝作品所带来的撼动，它并不能完全归因于文学的层面。

　　在安妮宝贝的作品中，一直有两个重要的气息，一个是疏离，一个是无力。安妮笔下的那些男女主角，基本上都是大都市的白领精英，他们有很不错的收入，有一定的社会地位，同时也有足够的能够与世俗生活打成一片的情商和智商。但有意思的是，这些人物似乎都和周围的环境保持着一种若有若无的疏离，他们有一种倦怠感，内心有巨大的黑洞而无法满足，这种满足不关乎物质的丰饶，而更关乎精神的内在——在安妮宝贝的作品中，往往用"爱"来指称这一精神内在。与此同时，在追求"爱"的道路上，他们又总是不由自主地算计、怨怼、退缩，最后，伤痕累累而无法收拾，要么以戏剧性的决绝姿态终结人生，要么以一种解脱的心境获得新生，无可无不可地继续生活下去。在安妮的故事和人物中，有一种深深的厌倦和无力感，个体已经不能成为一个新的主体——新的主体往往是在启蒙的宏愿和对世界的改造中获得其主体性和存在价值。而安妮笔下的人物，苦苦寻求的，全部加起来，也不过是卑微的存在感，"价值"已经被搁置在遥远的他处，不但寻觅不得，而且这寻觅的意愿，也全部归于无。

安妮宝贝或许以为这是人世间的常态，所以发愿以一种恒长的笔触来书写和记录。但吊诡的是，只有通过时代这一装置的发酵，她的人物和故事才得以被普遍化。我的意思是，中国的千年之交，恰好是这样一个疏离和无力的年代，在这个时代氛围下经历成长的青年人，也正是在存在主义式的情绪中展开对世界和自我的认知。不过稍微反讽的是，在时代的表层，却是热闹和喧嚣的"进行曲"式的氛围，那些陷入无物之阵的青年——我也是其中一员——并不能在这种进行曲里找到共鸣，他们把目光投向安妮宝贝，投向昆德拉，投向村上春树，同时还有漫画、cosplay，更小众的音乐和绘画。安妮的作品，正是在这样的图景中找到了自己的位置，不可替代，独特且风格凛然。

三

一晃十几年就过去了。艾略特在《荒原》中感叹的"来不及了，来不及了"在当下变得如此可触可感。时间是奇怪之物，在数字的变化中隐含着历史、经验和审美的变迁。城头变幻大王旗，眼看他起高楼，眼看他宴宾客，眼看他楼塌了。在九十年代登上舞台的很多作家，比如卫慧、棉棉，都陆续从读者的视野中消失。而安妮宝贝，却在2014年宣布改名庆山。这一举动似乎意味深长。从一个孩童式的笔名到一个充满了佛性的笔名，里面有隐约的精神蜕变。其实从《春宴》和《眠空》里面我们已经有所察觉，此安妮宝贝的一部分人格已经死去，她在一个旧的躯壳下开始重生，《春宴》或许还有旧日带血带肉的痕迹，但《眠空》已经有了全然的新意，戏剧性被散文化，片段代替了虚构的故事，而更真实的生命体验，如暗流涌动。因此改名庆山，不过是一个形式上的仪式，借助这一仪式，庆山试图再重新回到一个更真实的本我——名实相符，是为了更恰切的存在。她更加彻底地回到一种疏离的状态，也和时代的主流更加背道而驰。

那对读者来说，今天还需要读安妮宝贝—庆山吗？这个问题不好回答。五十年代，日本思想家竹内好曾质问当时的日本青年，你们阅读是为了精神的需要还是政治的需要？这个问题在不同的国度和年代都有其普适性。对于今天的中国读者，尤其是青年读者来说，阅读是为了什么需要呢？如果仅仅是为了现实的需要，也许就不需要再阅读文学了，因为在文学里面，其实找不到成功学的案例和经济学的利润。但如果是为了精神需要呢？如果我们再回过头去检视和阅读安妮宝贝—庆山的作品，或许有意料之外的发现。

对于我来说，那种最初的不安当然是已经消失了，但安妮宝贝—庆山在世纪之交的精神焦灼却一天天落实为更普遍的语境，她笔下的那些人物，如果说十年前还生活在故事和想象里面，十年后的今天，已经完全是我们的朋友、同事和擦肩而过的路人。困境因为数量上的扩展和质量上的加密而变得不是那么具有冲击力了。当我们今天开始谈论失败者的写作的时候，又有谁愿意溯源而上，发现他们早已经出生，并穿过世纪之交，在一个新千年里变成庞大的多数。安妮的预言性和先锋性就在于，她一开始就意识到了这是一次失败的较量，但她是一个主动选择的失败者，她以清醒的理智和自觉的美学来救赎自己，她其实并没有在意谁来读，或者是否被严肃文学所承认，她要的只是一种执念般的书写和表达，在一个贫乏的时代举意内心的焰火。用《春宴》中的一段话来说就是：

满目虚假繁荣，到处欢歌急锣。我只能保持自己隐藏而后退，无法成为一个志得意满的人。我想，它不是我的时代，它也不是你和你的故事、我和我的故事里的所有人的时代。我们如何自处。也许唯有爱和真实，值得追寻。

王小波或黄金时代的终结

最近一段时间心情郁闷，又逢四月飞雪，中美贸易大战……人大校园狭窄，没有清华园里的荷塘曲径供散步排遣，只有一个一勺池，据说还要填平盖一座学生精神救助中心。于是辗转难眠，想起了很多人，其中一个，是王小波。

我读王小波的时候，他当然已经死了。但当时我不知道，我大学本科前的文学教育，主要来自金庸古龙梁羽生，那时的梦想是做一个大侠，即使当不上武林盟主，也要来几次劫富济贫。没想到后来一步之差，做成了半吊子知识分子，这是后话，按下不表。且说有一天课后，几个男同学围着我们班的黑大个，听他吐沫横飞在讲什么段子，我凑过去一听，是说一只猪的故事。黑大个是皖北人，有说唱的传统，只见他口吐莲花，将一只猪说得活灵活现。大家听得前仰后合，凭直觉，我觉得这不是老师课堂上布置的作品，于是问，谁写的？答曰：王小波，《一只特立独行的猪》。

这是我第一次接触到王小波，不是通过他的作品，而是通过别人的转述，不是在严肃枯燥的课堂，而是在活泼轻松的课后——后来我读了更多王小波的作品，觉得这种开始的遭遇就像是一种前定：王小波恰好就属于那些无法被规范的心灵和时间，这些心灵充满对世界的好奇，对可能性有着热烈的迷恋，在一本正经的秩序和法则之后，努力寻找自由的缝隙。

一

王小波著名之处，其一在于写性爱，最著名的性爱作品，命名为《黄金时代》。这部作品的主角是一男一女，王二和陈清扬，在"伟大友谊"的借口下放纵生命的本能。作品的背景是中国的六十年代，其时宏大的叙事是革命万岁，但王小波偏偏要写一对小人物的"男盗女娼"。王二好吃懒做，偷奸耍滑，陈清扬作风不正，水性杨花。这两个人，在大时代的布景前，演出的却是一出肉欲的折子戏。

中国人写肉欲，至明末清初为盛。其时的肉欲书写有两个传统，一为《肉蒲团》，借口写教诲，实则写肉欲；一为《金瓶梅》，借口写肉欲，实则写教诲。侯文咏从现代主义的角度解读《金瓶梅》，说其主题是：当价值不再，一切只剩下欲望时，生命会变成什么？要而言之，无论是《肉蒲团》还是《金瓶梅》，其故事的张力还是来自于"教诲"和"肉欲"之间的冲突。这一传统在现代的变体其实就是"革命"和"恋爱"。革命是道德，是教诲，是意识形态，而恋爱是冲动，是本能，是另外一个"反意识形态"。香港科技大学的刘剑梅教授有一本很好的书《革命与情爱》，将现代文学史上茅盾、丁玲等的小说都纳入到该范型之中，颇有见地。在我看来，虽然"教诲"的主体和对象都变成了新人，欲望也被更时尚的"罗曼蒂克"所置换，但那思维中的"二元对立"并没有根本性的变化：无论是革命占了上风，还是恋爱占了上风，都是对一种"秩序"和"观念"的再确认。

但王小波的性爱大有不同。王二和陈清扬，仿佛是从历史的罗网里漏出来的两条游鱼，没有什么背景，也没有什么来路和去路，就那样赤条条地活在人间，他们全然是一副天真无邪的游戏状态。这是王小波的创见和发明，虽然王小波一再强调：我并没有发明什么，发明属于更伟大的人物。但是，不管是出于自觉还是不自觉，他都创造了一种完全新颖的书写方式。他笔下的性爱因此从二元对立的范畴里逃逸了出来，变成了一个难以命名却又异常真实的生命状态：

陈清扬说，那一回她躺在冷雨里，忽然觉得每一个毛孔都进了冷雨。她感到悲从中来，不可断绝。忽然间一股巨大的快感劈进来。冷雾，雨水，都沁进了她的身体。那时节她很想死去。她不能忍耐，想叫出来，但是看见了我她又不想叫出来。世界上还没有一个男人能叫她肯当着他的面叫出来。她和任何人都格格不入。

在一次性爱中不仅仅是感受到巨大的快感，同时还"悲从中来，不可断绝"，这陈清扬似乎不仅仅是一个插队的女知青，帮人看病扎针的漂亮医生，似乎同时又是一个附着了现代知识分子的荒诞和传统文人的喟叹的幽灵。这杂糅相生的"造人法"，从鲁迅到王小波，倒是有着现代的症候。

后来有一次，王二用力地打了陈清扬两下屁股，其效果神奇：

陈清扬说，那一刻她感到浑身无力，就瘫软下来，挂在我肩上。那一刻她觉得如春藤绕树，小鸟依人，她再也不想理会别的事，而且在那一瞬间把一切全部遗忘。在那一瞬间她爱上了我，而且这件事永远不能改变。

从以"友谊"为始的性，到以"打屁股"为终的爱。王小波完成了一个绝妙的戏剧化，这一戏剧化在很多读者看来显得过于突兀，既不能理解为什么王二和陈清扬随随便便就上了床，也不能理解为什么打了屁股就由性变成了爱。我觉得这戏剧性的背后藏着王小波一副顽童式的狡黠的双眼，他用一种看起来不正常、不合逻辑的故事挑战着过于正常、过

38

于合乎逻辑因而恰好是反人性的社会道德和社会秩序。

如此看来，王小波笔下的性爱不是简单的肉欲或者男盗女娼。或者说，他故意用男盗女娼作为风景，写的却是生活和生命的一种本真状态。

二

王小波笔下出现频率最高的人物当数王二。他是当之无愧的第一主角。王小波在《革命时期的爱情》中专门介绍了这个人物：

王二1993年夏天四十二岁，在一个研究所里做研究工作。在作者的作品里，他有很多同名兄弟。作者本人年轻时也常被人叫作"王二"，所以他也是作者的同名兄弟。和其他王二不同的是，他从来没有插过队，是个身材矮小，身体结实，毛发很重的人。

如此说来，王二不是简单的一个人，而是无数个人。他像幽灵一样穿梭在时空之中，化身为不同的王二和不同的故事的参与者和讲述者。不但是《革命时期的爱情》中有王二，《黄金时代》里有王二，即使是在以唐人传奇为原本的《红拂夜奔》《万寿寺》里面也有着王二的语态和身姿。说起来这也是王小波让我觉得有趣的地方，他完全没有一种被正史所规训的历史观，也没有现实主义汲汲强调的人物观和典型论。他写当下的小说像是写历史演义，他写历史演义像是在写当下，他干脆就是一锅"乱炖"。

作家李洱对王小波的小说有一个精辟的论述：王小波的小说是不走的。不走的意思，在李洱看来，就是不断返回到故事的某个起点或者某个片段，不断地从这个起点和片段推导出种种的可能和不可能。这种叙述层面上的不走，导致了重复和循环的节奏，并直接导致了一种美学风格——反讽的可能，正是在重复和循环中，我们将本来正常的事件编织成了喜剧或者传奇。但这还不够，这不走的重复里面，还有另外的一种向度，那就是对历史进步论的怀疑和拒绝。我们生活的时代，是一个被进步和发展所规划了的时代，人在这样的历史线性矢量里，要么变成了大时代的螺丝钉，要么被时代的列车碾压成为齑粉。可怕的是因为观念的反复灌输和训练，我们竟然对此顶礼膜拜，并不惜将生命予以献祭——今天的微信公众号上，所谓的"你正在被同龄人抛弃"的言论，不过是这一进步观念最恶俗的版本。

王小波从当下切入历史，又将历史的亡魂复活，让他操练着现代的语言和观念，像现代人一样生活。王小波在时代之中体验到了时代的虚幻和荒诞，在历史之中发现了历史的嗜血和无情。在这种精神烛照下的历史书写，就回到了本雅明所谓的历史唯物主义。王小波或许根本就不会同意用这样的词来论述他——但是没有关系，反正他已经死了，我姑且一用，目的是为了强调这一点，王小波似乎预见了某种历史的复辟，这一历史的复辟在他死后二十年的今天变得众目昭彰：对历史的继承和书写变成了一种雕虫之技，在对所谓的诗词、名物、风流的摇头晃脑的消费中，文化癔症大面积地爆发了。托洛茨基曾经讽刺俄罗斯的农夫知识分子只能以乔装癫狂者的形象跟上革命的步伐。今天的中国，"文人们"恰好愿意以癔症的方式收获媚俗的赞许，那赞许声婉转如莺啼：呀，你研究过《诗经》和《红楼梦》，好有文化呀！

三

王小波大概瞧不起这样的文人。他常常含一丝讥笑，移形换位，讲述一些不合规则的故事，做一些不合规则的事情。在他的嘲讽和桀骜之中，我倒是看到了五四一代的面影，对传统的不妥协，对现实的蔑视以及对伪道学和伪知识的解构，只有真正的"五四之子"才能做到这一点。

狄尔泰说，对历史的理解给人带来了自由。如果这里的历史不仅仅是指过去存在的事件，而是如尼采所言的一种"故事"的话，我觉得这句话正好可以用来概括王小波作品的核心主题——自由。这一自由不仅是形式上的——当然首先是形式上的——更重要的是一种对个人存在的理解和期待。

王小波并不信任那种文人考据癖式的历史，他说那历史的内里和表面一样破败。

王小波也不信任所谓的现代知识分子，他说，对于一位知识分子来说，成为思维的精英，比成为道德的精英更为重要；他还说，在现代，知识分子最大的罪恶是建造关押自己的思想监狱。这既是对历史和现实洞若观火后的判断，也是在文本的层面对卡夫卡式难题的回应，卡夫卡的难题是，为了试验自己的处刑设备，设计者将自己送上了行刑台。

这几乎就是一个无法解脱的宿命。但王小波又不是一个宿命论者——宿命论者雅克的语境已经消失——他也不是一个所谓的浪漫骑士和自由主义者，任何的主义都不是王小波追求的标签。当然，那些王小波门下的"走狗们"，首先就在智识和人格的层面自动降维——这差点让我惊出一身冷汗，如果王小波没有英年早逝，他会不会也会在一片浅薄的恭维和赞美中变成一个手捧鲜花而头发油腻的人气作家？

王小波只能是王二，或者最多只能是陈清扬。他不信任一切，但是他信任一个最抽象也最具体，最理性也最感性的东西，那就是生活。他在《黄金时代》的后记中说，这本书的全部主题就是我们的生活。我们的生活就是正常的生活，正常的生活就是一种自由的生活。用这种正常的生活去生活，就可以面对残酷的历史、叵测的人性和自以为是的舆论群氓。

陈清扬（对王二）说，承认了这个，就等于承认了一切罪孽。在人保组里，人家把各种交待材料拿给她看，就是想让她明白，谁也不能这么写交待。但是她偏要这么写。她说，她之所以要把这件事最后写出来，是因为它比她干过的一切事都坏。以前她承认过分开大腿，现在又加上，她做这些事是因为她喜欢。做过这事和喜欢这事大不一样。前者该当出斗争差，后者就该五马分尸千刀万剐。但是谁也没权力把我们五马分尸，所以只好把我们放了。

至此黄金时代结束，而自由的生活如正中的朝拜，川流不息。

<h2 style="text-align:center">四</h2>

这个春天想起王小波，同时也想起他的那一头特立独行的猪，虽然我们的生活已经被蹂躏糟蹋得连猪都瞧不起了，但因为有了这头猪的瞧不起的轻蔑的注视目光，我还是能时而警醒，提醒有另外一种生活的可能。因此，受教了，猪兄，受教了，王小波！

《文城》的文化想象和历史曲线

一

余华又出新长篇了！先是在饭局上听到消息，然后是在朋友圈里被大家兴致勃勃地传播，最近几乎变成了业内的接头暗号，读了吗？好看吗？——《文城》，余华的第六部长篇新作，距离上一部长篇已经隔了八年。一个作家有几个八年？在"一万年太久，只争朝夕"的现代时间节奏下，禁不住要赞扬一下余华的好耐心。我在第一时间里拿到了仅供少数朋友阅读的先读本，一个下午的时间，一口气读完，开始的忐忑被阅读的兴奋所代替——那个让我们激动的余华又回来了！读完我即兴写了一段评语，给了两家着急发新闻的媒体使用，兹录于此，供感兴趣的朋友参考：

余华的最新长篇小说《文城》证明了他依然是中国当代最会讲故事的作家之一。从第一句到最后一句，这个故事牢牢地抓住了我，我的第一直觉是，那个让我们激动的余华又回来了！"文城"作为一个虚化的地名，承载着主人公的希望和信念，以此余华扩大了他写作的地理，由北及南，又由南向北，其内在精神的指向，却是超越了地域的一种民族共同性：坚韧、信守、重义、互助。这是《文城》的隐喻，也是一种文化生生不息的秘密。

上述可算作一则广而告之——但确实是基于我个人阅读感受后的真诚推荐。

二

余华是传播度最高的中国当代作家之一，其作品得到了大量读者的阅读和喜爱。我最早读余华还是在2000年左右，那个时候我正在读大学本科，阅读余华成了我精神生活重要的一部分。他的《鲜血梅花》《河边的错误》《现实一种》《活着》《许三观卖血记》是我的枕边书。那个时候年轻气盛，对审美有苛刻的要求，于是，是否阅读余华或者是否喜欢余华，构成了一条审美的标准，以此来区别是否现代、先锋和前卫。虽然现在我知道，余华的美学不仅仅是先锋和前卫，但在当时却有固执的认定，并将此作为一个现代性的重要指标，在这个指标谱系里，还有尼采、萨特、昆德拉、村上春树、王小波等等。不过有意思的是，即使有不同的偏好，真正的好作品却可以超越种种偏见而达到一种普遍接受。我至今记得在一次寝室熄灯后的卧聊中，我给大家讲述《许三观卖血记》里面许三观给孩子用嘴炒菜的细节，宿舍里一片鸦雀无声，甚至也像小说中一样响起了咽口水的细微声音，大家平时在食堂吃饭，油水不足，其实和小说中的情景有相似之处。说到最后，宿舍一哥们儿跳了起来，说饿得受不了啦，然后大家哗然而起，直奔校外的某处烧烤摊……

余华的写作，有前后转型之说，这一点在学术界已有公论。前期的余华血腥、暴力、解构、反讽，以零度叙事客观地呈现历史的悖谬和残酷。以《活着》为分野，转型后的余华变得温暖、怜悯、充满希望——虽然这怜悯和温暖依然与生活的悲剧密不可分。余华将这种转变的缘由归因于一个梦：在梦中有人要枪毙他，他在梦里挣扎，最后发现并没有人来救他，他感到了巨大的恐惧……这个时候他从梦中惊醒，意识到没有救赎的时刻是多么让人绝望。文学如果仅仅给人提供这个绝望，是有所欠缺的。从那以后他决定要在文学里面提供温暖的东西。温暖是什么？其实就是希望——也就是布洛赫所谓的"希望哲学"。日本学者竹内好在研究鲁迅的文章中提出了一个很有意思的说法：文学是要让人活的，而不是让人死。这与"希望哲学"有相同之处。在这位学者看来，鲁迅的作品提供了这种质素，因此鲁迅是伟大的。余华早期对鲁迅不感兴趣，但是后来却一再向鲁迅致敬，个中的因由，大概也是意识到了鲁迅文学所提供的这种坚韧性。不管余华的这个梦是否果如他自述的那么神奇，不争的事实是，《活着》以后的余华，变得更加复杂和多维，这种丰富性，没有减损余华的文学地位，相反，余华变得越来越经典，今天的青年读者，没有读过余华的人大概很少。

三

具体到《文城》这部长篇，虽然篇幅依然是余华一贯的"小长篇"的规模，但从形式、内容、主题等各方面看，呈现的却是一个新旧交错的"综合性"的余华。这里面有我们非常熟悉的余华式的作品配方：对江南风物的细致描摹，让人油然而生"江南好，风景旧曾谙"的乡愁；人物关系设定上的非血缘性，这是从《许三观卖血记》《兄弟》以来余华人物关系设定的重要模式，通过这一模式，余华书写出了更高级的亲密关系；叙事上的回环往复，有一种民谣式的音乐感，这使得余华的小说充满了可读性；里面依然有对暴力的描写，土匪割人质的耳朵，张一斧用斧头劈人，血腥残忍；土匪混战的场景描写堪比大片，如果搬上银幕或许有更直接的视觉效果。

同时，一个新的余华也在这些熟悉的气息里面慢慢呈现出来。从写作的地理看，余华扩大了他的写作版图。《文城》

不仅仅写了余华熟悉的南方，也写了前此的小说涉及较少的北方。主人公林祥福是北方人，他由北入南，小说的女主角纪小美则是南方人，她一度由南而北。故事就在这样南北互动的过程中展开。在中国的小说叙事中，南方往往隐喻着一种退隐、蛰居、市井的社会生活，而北方往往代表着中心、权力和庙堂，中国文化中的"北伐""北望"等表述都暗示了一种南方对北方权力的渴望。但在余华这里，他反其道而行之，纪小美要去投奔的"权力"被悬置，她遭遇到的林祥福是另一个北方，这是一个敦厚、宽容、坚韧的北方，他完全没有居高临下的态度，而是以谦恭和隐忍之心对待着来自南方的不速之客——即使这不速之客一再欺骗他。林祥福和纪小美的姻缘就像是南方和北方的婚书，由此南北合为一体，溪流和平原、稻米和高粱，都滋养着生活其中的人，这是共同的大地、共同的人民和共同的血脉，在南北合流的叙事中，余华建构了一种民族的共同体想象。

居于这一想象中心的，除了地域，就是人物。小说塑造了几个典型的人物形象。这些人物在性格上有以前小说人物的影子，比如沈阿强，他其实是另外一个福贵。男主角林祥福和陈永良身上都有一点许三观的影子，但是与许三观的懦弱、随波逐流相比，这两个人物身上有更多的进取之心，从小说人物的谱系学上来看，这两个人物应该是许三观和福贵的父辈或者祖辈，他们的生命的一部分是属于"创业"的历史，林祥福和陈永良白手起家，在溪镇创造了财富和生命的神话。他们同时也守望相助，在混乱的时势中小心翼翼地守护着卑微而脆弱的世俗生活，当这一生活被强大的外力摧毁时，他们没有选择退缩，而是挺身而出，以"匹夫之勇"迎头而上。在《文城》中，侠的气质居于人物性格的高端链条，这一链条在两处达到顶点，一是林祥福为赎回顾益民而慷慨捐躯；一是陈永良手刃张一斧，为林祥福报得大仇。后者的场面描写简洁、准确、生动、大气磅礴：

陈永良左手抓住了张一斧的头发，右手手掌发力一拍，尖刀的刀柄从张一斧的左耳根进去了一半……陈永良将张一斧的身体推到墙上靠住，然后转过身来，他手上和衣服上流淌着张一斧的血，迎着小心围拢过来的人群走去，神态从容地从他们中间穿过去，走到了码头，跳上等待他的竹篷小舟，在宽阔的水面上远去。

这是《史记·刺客列传》的伟大传统，是华族祖先的血性和孤勇，"匹夫之怒，伏尸二人，流血五步"，但这匹夫的血性和孤勇，却可以快意恩仇，匡扶正义，捍卫尊严——即使那些蝼蚁一样的乱世生命，也同样应该享受这正义和尊严。在当代写作中，这样的侠义和孤勇，前有写了《心灵史》的张承志，后有写了《文城》的余华。

还值得一提的一个人物是纪小美。这是余华此前小说中很少出现的一个女性形象，她主动、决断、重情重义，从叙述动力来看，她是这部小说的引导者，没有她的主动引导——也或者是一种引诱——林祥福和沈阿强都将无法行动，这个耀眼的女性角色且留给读者和热爱女性主义批评的研究者们去解读，我这里不再赘言。

四

除了故事层面的好看——这一点很重要，不好看的小说没有长久的生命力。当代很多作家并没有意识到这一点，原创性故事的缺席是当代小说德行最大的败坏。小说家的思想、知识和观念不应该溢出小说这一有机体本身，昆德拉有一个比较饶舌的解释：小说只能发现小说所能发现的。余华对此有清醒的自觉，《文城》的故事、人物和行动构成了一个圆融的有机体，这一有机体折射出丰富多元的主题。

首先是"信"，既包括人和人之间的信任，也同时包括对某一种事物的信念，对某一种情感和理想的执着。信是中国文化里面最核心的一个部分。《文城》其实是由几组不同的信任关系构成的。林祥福和陈永良、林祥福和纪小美、纪小美和沈阿强……正如《许三观卖血记》里许三观和他的孩子没有血缘关系，但是他们的亲密程度却超越了血缘，《文城》中的这几组亲密关系同样也建立在非血缘性的信任关系上，这种"信"既是文化的养成也是人类的本性。

与"信"相关的是"义"。小说中主要人物行动的逻辑都在于"义"，讲义气，有情有义。除了主要人物是如此行动以外，小说中的次要人物甚至是反面人物，都遵循这一行动的原则，比如土匪，有情有义的土匪最后得到了善终和尊敬，而无情无义的土匪则只能暴尸街头，受众人唾弃。这一情义原则与上文提到的"信"是中国文化的基础，但余华没有浅薄地给这些原则冠以高头讲章，小说没有任何关于情义、信任的说教，而是通过那些小人物、底层民间的人物来静默地呈现这一文化血脉是怎样地流淌在我们先民的生活和生命之中。有朋友在读到小说中"独耳民团"保卫战之后不禁潸然泪下，情义由此穿透了历史，直接对当下构成了一个提问。在这个意义上，《文城》的所叙时间固然是百年前的明末清初，但因为有了这种对普遍人性的深刻描摹，它又直指当下的时刻，它并非固态静止的历史演义，而是以镜像和幽灵的形式活在我们身边的故事。

在余华前此的小说中，从《活着》到《第七天》，一个基本的主题是"失去"，这一主题在《文城》中依然有所保留，林祥福、陈永良、纪小美等人都在不断地经历失去，但是，《文城》中出现了一个"失去"的反题，那就是"创造"和"收获"。林祥福失去了妻子，但创造了财富，收获了女儿和友情；陈永良收获了林祥福的帮助和情谊；顾益民失去了财富、儿子、健康，但是他同时也收获到了对正义的新的理解；土匪和尚失去了生命，但收获到了人之为人的尊严。现实和物质意义上的失去与精神和人性意义上的收获构成了《文城》的正反主题，它们的合题则是人类川流不息的生命原力，正是因为有了这种原力，普通的生命也能开出灿烂的人性花朵。

五

最后读者或许有疑问：文城在哪里？它是一处什么样的所在？据编辑介绍，这部小说最开始并不叫《文城》，而是叫《南方往事》。仅仅从字面来看，"南方往事"是一个比较虚的所指，"文城"则比较实。但落实到这部小说中，我们会发现"文城"是一个更加虚的所指。在小说中，文城是一个被虚构出来的、根本就不存在的地方。但是，在小说中，文城又无处不在，它在想象和象征的层面提供了行动的指南，正是因为有了寻找文城的欲望，林祥福才开始了他"在路上"的"出门远行"——这与余华当年的成名作《十八岁出门远行》有着某种隐秘的对位关系。只不过这一次远行并没有在路上中断，而是实实在在地演绎出了新的人生和故事。

文城寄托了一种乌托邦式的想象和向往，这与卡尔维诺笔下的卓贝地城有异曲同工之妙，不过是卡尔维诺的卓贝地城终究从梦想变成了现实，并成为欲望和商品的集散地；而文城，却永远无法抵达。在这无法抵达的幻灭中，一种历史的悲剧意识浮现了出来。余华选择了当代艺术家张晓刚的一幅名画《失忆与记忆：男人》作为《文城》的封面，隐晦地传达了这种历史感。在这幅画面中，一个男性，微微低头，眼眶中有泪，泪将滴未滴，这让我们想到艾青的一句名诗："为什么我的眼里常含泪水？/因为我对这土地爱得深沉……"为什么对这土地爱得深沉，是因为在这土地上的人，在这土地上的人之间的爱、情谊和信任。余华在此呈现了深刻的大地之爱——在小说中，林祥福是面带微笑慨然死去，陈永良手刃仇人的表情没有具体描写，但我想应该也是带有一丝笑意——如此，这封面男性的眼泪构成了另外一个反题，这一反题是关于历史和人事的。在小说的结尾，余华如此描写了路上的风景：

道路旁曾经富裕的村庄如今萧条凋敝，田地里没有劳作的人，远远看见的是一些老弱的身影；曾经是稻谷、棉花、油菜花茂盛生长的田地，如今杂草丛生一片荒芜；曾经清澈见底的河水，如今浑浊之后散出阵阵腥臭。

如此看来，文城，终究是无法抵御历史衰败的逻辑曲线。

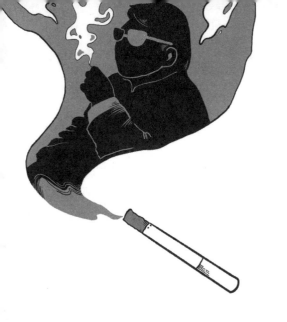

如何阅读路遥

2011年6月在北京举行的"路遥与八十年代文学的展开"国际学术会议上，我和几位参会的学者都提到了在大学课堂上对路遥的讲解问题，以及当下中国青年学生对路遥作品的阅读和接受。日本学者加藤教授对这个问题非常感兴趣，希望我能以我个人以及我所任教的中国人民大学中文系的青年学生为对象谈谈这个问题，以和日本的中国当代文学研究同行交流。

我不太清楚日本读者对路遥其人其作的阅读情况。但是在中国，毫无疑问，路遥是严肃文学里面拥有读者最多的作家之一。就在我们举办"路遥与八十年代文学的展开"的会务现场，一位与会议毫无关系的中年人非常激动地告诉我们，他是路遥最忠实的读者，并认为我们应该花更多的力气去研究路遥。据我了解，这位中年人是中国农业科学院的一位职员，他的工作与文学毫无关系，很显然，路遥更多的是以其作品的感染力吸引了他。也许这位中年人在路遥的读者里面具有某种代表性，他们大概都是路遥的同时代人，对于路遥作品中所描写的历史和生活感同身受。作为一个农业大国，中国在八十年代的社会转型造就了大量的"高加林"和"孙少平"式的人物，他们在读者中引起共鸣，是因为真实的历史和真实的人生经验，而这种阅读，带有强烈的自我投射的色彩，这一点，不仅是路遥，也是他们那一代作家所普遍具有的优势。

但是路遥的特别之处在于他的读者似乎突破了"年代"的限制。一些学者所做的调查报告指出，八十年代、九十年代出生的读者依然对路遥的作品持有很大的热情，《平凡的世界》是中国大学图书馆里面出借率最高的图书之一，路遥也因此被称为"常销书"作家，与市场经济时代的"畅销书"作家构成一种对比。不过需要注意的是，对于这种巨大的读者群的研究往往是非常含糊的，这些读者没有办法进行分类，也很难进行细化的分析，他们是如何阅读路遥的？他们对于路遥的阅读和接受相对于他们父辈而言有何变化？回答这些问题，也许从具体一点的个案和群体出发更有说服力。

先从我个人谈起吧。我出生于1980年，属于上文提到的"80后"读者。我于1999年进入大学中文系攻读本科学位，然后又一直在中文系攻读当代文学的硕士和博士学位。在整个本科阶段，路遥并没有进入我的阅读视野。虽然当时也有老师在课堂上谈到路遥，但是我从心理上对他有种排斥感，认为他是一个很"土"的作家，其时我认为余华、莫言等"先锋作家"更"洋气"，更能证明我作为一个中文系学生的优越感，至今我还记得阅读"先锋作品"的那种快感：一种情绪和语言都获得极度解放的感觉。现在想来，这种阅读感觉是有些矫情的，但也很正常，其时我刚刚从生活了二十年的农村中出来，进入城市开始新的学习和生活，从某种程度上完成了从"农村人"向"城市人"的身份转变（中国从五十年代开始的户籍制度把全国人口划分为城市户口和农村户口两大类，考上大学是农村户口转化为城市户口的最有效也是最体面的方式）。我自身的那种"解放感"在"非社会化""去历史化"的"先锋文学"中找到了某种对应。2006年我开始在人民大学攻读中国当代文学的博士学位，中国文科博士生的课业并不是很重，我那个时候除了一周不多的几节专业课外，主要任务就是跟随导师程光炜教授研究中国八十年代的文学，但路遥并没有被列入我们的研究计划。这是中国当代文学史中非常有意思的"路遥现象"的具体反应，即路遥虽然在普通读者群中影响巨大，但在大学中文系的教授眼里却并非一个"经典作家"。其中的原因与八十年代以来中国当代文学场域的变化密切相关，我在我的第一篇关于路遥的研究论文《路遥的自我意识和写作姿态》里面已经做了相关论述，这里不再赘言。我想说的是，当时一个偶然的机会我看到了1984年根据路遥的《人生》改编的同名电影，导演吴天明，他是张艺谋的老师，主演周里京，他是中国八十年代最走红的男演员。这部电影让我着迷，高加林和刘巧珍的爱情和命运引起了我强烈的共鸣。随后我找来《人生》的单行本，我在小说里读到了与"先锋文学"完全不同的小说美学：朴素、温暖、平实。这是一次审美上的返乡之旅，"去历史""去社会"的审美经验被更贴切我个体生命的历史和经验所覆盖，这对于我个人来说，具有某种"重生"般的体验。

当我从个人的情绪里抽身出来，以更理性的眼光来审视我对路遥的阅读的时候，我意识到我的经验也许只是一种社会症候的反映。八十年代出生的中国青年，进入大学时都是在2000年前后，这是中国市场经济高速发展、快速融入全球化的时期，这个时候，我们对于世界和文学的想象，实际上是带有某种小资产阶级的倾向的。但是这种想象一旦和严肃的现实生活碰撞在一起，其脆弱性和幻灭感可想而知。2006年我对路遥的阅读与某种"世界史的逆转"联系到了一起，审美的转移或者暗示了一个时代的来临：在这个时代，我们以更加历史化的态度来面对自己的民族和文学，去重新厘定本土美学的意义和价值。

2009年我博士毕业留在人民大学中文系任教，给本科生主讲中国当代文学史。中国人民大学中文系的本科生由两部分组成，一是所谓的国防班，有三十多人，全部是男性，是中国武警总队委托高校培养的武警后备干部，本科毕业后全部去武警基层担任相关职务。这些学生和普通本科生一样，参加高考，但是录取分数线要比普通本科生低。在读期间，除了完成普通本科生的全部课程外，还要参加强度比较高的准军事训练。因为这种特殊性，这部分学生中来自农村或者城市贫困家庭的比例要稍微高一些，大概在30%～40%。另外一部分是普通本科生班，一般为六十人，女性占80%，其中来自农村和贫困家庭的人数大概是15%～20%（根据一项最近的调查报告显示，农村或者城市贫困家庭考入中国一流大学的比例还在继续降低，比如北大，已经降到了10%）。正是因为这些接受主体的不同，我发现他们对于路遥的阅读和接受有完全不同的情况。给这两个班讲解路遥的大致程序是，首先用一个课时的时间放映电影《人生》，然后用一个课时的时间让学生自由发言讨论，讨论时我几乎不加以任何的评判，最后我再用一个课时的时间进行文本解读。和学生们一起观看电影并讨论是一件很有意思的事情，这些学生大概都出生于1988—1990年，在此之前几乎没有读过路遥的任何作品（不仅如此，他们对整个"十七年"和"文革"时期的作品也鲜有了解）。他们是戴着自己的"有色眼镜"来看路遥的，因此阅读路遥首先对于他们来说有一种新奇感，觉得是一种比较新鲜的审美体验。其次，对于这些青年学生来说，他们并没有意识到高加林完成自我的痛苦性，而是将更多的注意力集中在高加林和刘巧珍的爱情故事上，对于他们来说，谈恋爱是一件更加单纯的、更浪漫的事情，更能激起他们的丰富想象。最后，他们对于路遥式的说教（尤其表现在小说文本中）表现得非常不习惯，他们天然地继承了八十年代以来关于"文学性"的想象，认为文学就应该是审美的，与社会应该保持一定的距离。

我和他们之间的差别当然是巨大的，比如我就非常认可路遥式的说教，我甚至认为正是这些说教所透露出来的观念性使得路遥成为八十年代最重要的作家，并以此区别于他同时代的那些对"观念"避之不及的新潮小说写作。但更有意思的显然不是我和这些"90后"学生们之间的差异，而是他们作为一个非严格定义的群体所表现出来的差异性。这些差异性首先表现在出身上，在农村或者贫困家庭出生占多数的国防班上，学生们对路遥的认可程度明显要高于普通的本科生班，实际上在课程结束后，国防生班有几位学生选择了路遥作为他们的学年论文，而普通本科生班则没有学生选择。其次是性别上的，男生对于路遥的认可程度要高于女生。我想其原因大概是男性的审美习惯相对来说会更粗犷一些，更重要的是，路遥的小说实际上有一个"男性视角"在里面，自然也更容易引起男性的共鸣，在课堂讨论中，有两位男同学都觉得刘巧珍是理想的爱情婚姻伴侣。女生则对此持绝对相反的态度，她们几乎全部认为高加林和刘巧珍之间并不存在真正的爱情，并对刘巧珍在爱情中的"主动性"表示不能理解。也许在她们看来，高加林和刘巧珍之间的爱情有太多的"非爱情"因素的东西，不符合她们对于爱情的近乎偏执的"纯洁"想象。我曾就这个问题和学生们进行深入交流，我发现这其中的一个悖论是，与对爱情的近乎意识形态般的"纯洁"想象扭结在一起的是对于婚姻的完全功利化、契约化的考虑，爱情和婚姻在中国当下已经被严重割裂为两个完全不同的过程——概念和实体，爱情被高度神圣化，而婚姻则被高度实利化。在这样的情况下，《人生》中的爱情大概也属于另一世界吧。

通过两年多的教学，和不同的青年学生接触，阅读包括路遥在内的中国当代文学作品，我发现我和我的青年学生们之间分歧甚大，而实际上我比他们仅仅年长八岁到十岁，随着我任教时间的增加以及年龄差距的扩大，我想这种分歧只会越来越突出。这么说并非就意味着我们之间没有任何的一致之处，比如有一个中国传媒大学的女学生，她每周坐一个小时的地铁来旁听我的课，其主要的动力就在于她觉得我对于路遥的理解和阅读和她非常接近，她出生城市，家境优越，但是却对路遥这一类书写土地、个人奋斗的文学作品甚感兴趣。这当然是一个特例，我心平气和地看待这些同与不同。有时候我甚至刻意鼓励并刺激学生加深与我的分歧，因为我觉得这是文学作品魅力的所在。任何一次阅读，都与个体的经验、时代的风俗和道德紧密结合在一起，在这个意义上，阅读充满了政治色彩。

在今天的中国语境中如何阅读路遥？或者说，在今天的历史语境中如何阅读那些被我们时代的审美遗忘了的文学？这是一个需要严肃对待的问题。我记得日本著名评论家竹内好在五十年代曾经向日本的青年学生热切地推荐中国的社会主义作家作品，如赵树理等。但是日本的青年学生现在还会记得这些作家吗？我也不清楚日本是否还有读者去阅读像小林多喜二这样的作家作品。中国青年读者现在大概是不会去读小林多喜二的，他们对于日本现代文学的了解大概就是川端康成、村上春树吧。无论怎么说，这都是让人觉得遗憾的事情，我在给中国的本科生以及研究生讲解《刘三姐》《创业史》等作品时，常发现他们发出善意的笑声，这笑声代表了一种遗忘，我愿意把这种遗忘也理解为是一种善意。个人往往无法抗拒时代的审美风潮和道德规训，这个时候，如果回过头去阅读那些"过时"了的文学，或者会有意想不到的收获吧？这是我一直坚持在课堂上花时间和力气去读解路遥的原因，在今日的中国，对于他们的阅读，会有一种潜在的审美解放的希望，竹内好曾称赞他的学生——九州大学的冈本庸子——对于赵树理的阅读摆脱了一种小资产阶级的习性。我也经常对我的青年学生们说，我希望你们能够稍微摆脱一点当下的惯性，理解历史和美学——最终是个人生命存在——的多种形式和可能，虽然得到的回应寥寥，但是作为一个大学的文学教师，我想，这是我必须坚持的权利和义务。

诺贝尔文学奖已经光环不再了吗？

诺奖——首先声明，特指文学奖——如今对世界最直接的贡献大概一是博彩业，虽然比起那些大彩票，诺奖的奖池金有点寒碜，但至少在人文艺术进军投机领域是一枝独秀；另外一点贡献大概就是增进网站流量，对于各大门户（不仅仅是中国）奄奄一息的文化频道来说，如果没有什么突发事件，大概也就是这一次流量走高了。一年之计在于诺奖，不过今年有点不厚道，10月5日就宣布了，我的很多媒体朋友不得不中断长假，提前回岗等候消息。大概是看在有诺奖的份上，没文化的门户掌门人们也不好意思将文化频道一刀切除，反正还有诺奖报道呢，这就好比娱乐节目要是实在没什么可以吐槽的，还有一年一次的央视春晚嘛。嗯，说起来，诺奖现在的存在和春晚还真有点像，都是有历史的传统节目，也都能让一些半死不活的面孔红那么几天，更能满足吃瓜群众的指点江山然后蒙头大睡的生物钟习惯。

这也不全部是玩笑话，不知道从哪一年开始，诺贝尔文学奖就变成这么一个尴尬的存在，是从2008年的勒·克莱齐奥，这哥们儿现在几乎变成中国作家了；还是2014年的莫迪亚诺，估计即使到今天，也就不多的资深文青读过这位作家的作品；还是2015年的阿列克谢耶维奇，这位阿奶奶，获了诺奖后被中国媒体扣了一顶"非虚构"的帽子，始终有点边缘化的感觉。当然对中国人来说是2012年莫言的获奖，当时的反应二元分化，一是举国欢庆，我们终于获诺奖了！二是大跌眼镜，隔壁老莫也获诺奖了。毋庸置疑，自此之后，诺奖在国人心目中的神圣性有点打折了。

说起来这倒是折射出了一个本质性的问题。相对于诺奖的其他奖项，文学奖和和平奖是最容易引起争议的。物理、化学、生理学或医学虽然也有争议，但作为一个行业的标准，它还始终维持在一个顶级的高度。和平奖因为直接与政治挂钩，倒也不用管它。最吊诡的是文学奖，它标榜的是一个普世的通约的标准，但其载体和内容如语言、审美、思想等等又是最独特、最难规约、属于人类意识形态最复杂的层面。因此，确实不是瑞典文学院的那几个老评委不努力，而是这个东西确实没有量化标准啊，你说村上春树是被低估的伟大作家，我说他不过是一个通俗的畅销书作者而已，那好，陪跑！你说米兰·昆德拉既有抵抗又有智慧，还是文体家，我说他为了抵抗而抵抗，媚俗，那好，陪跑！鲍勃·迪伦是个流行歌手，对，是个歌手没错，但他丰富啊，他的歌词是一代人的证词啊，谁说歌词就不是诗歌，谁说歌手就不是作家，那好，给他了！

更深入一点来看，文学奖作为观念争锋的飞地，其实也一直有它隐秘的叙事规则。在这一点上，仅仅用新批评意义上的"纯粹的文学"并不能解释它。在我看来，诺奖文学奖之所以在过去的那些岁月获得了超出其预设的尊重，正是因为其暗合了这些隐秘的规则。这些规则包括且不限于以下几点：第一，命运感。比如帕斯捷尔纳克，在一个不自由的语境中自由书写，获奖但无法领奖，而且被迫发表声明反对这个奖项。第二，戏剧性。比如萨特，以一个反西方的左派作家身份获奖，同时主动拒绝体制对其的褒奖。第三，神秘性。这一点对于非西方的世界尤其重要，作为一种仪式化的存在，它生产了一种"文化可以解释一切"的文化幻觉。比如马尔克斯，他的《百年孤独》就被编织进了这样一个幻觉里。

没有命运感，没有戏剧性，连神秘性都被博彩的投机给破坏了，也难怪文学奖如今光晕不再。所以不是作家作品越来越不伟大了，而是我们的时代越来越无趣乏味了。但是既然奖金还有，写作的人也不见减少，那就硬着头皮继续评，好与不好，都是这一盘菜，爱吃不吃。

比如今年刚刚公布的石黑一雄，估计很多人看了以后真的是眼前一黑。至少在中国的阅读语境中，他比村上春树、阿特伍德要陌生得多，即使和本来就很陌生的高银、提安哥相比，也同属少数派。我在多年前读过他的《长日留痕》，对其绵密的叙述方式有深刻的印象，但同时也对其过于琐屑而心生不满。估计大部分的读者对这位作家都很陌生，但没有关系，马上就会有很多解读出来帮助我们阅读他。

我自己的理解是，这一次瑞典的老评委们估计有点政治正确的企图在里面，毕竟，在移民成为西方政治梦魇的历史时刻，石黑一雄这样一位移民作家以通用语的"国际写作"值得表彰。

好些时间
在荒原里

通向真实的世界

SHANGHAI

BABY

大概是在2000年，当时我还在安徽的一个小城读本科，那个小城是文化的边缘之地，时代的一切流行似乎都和它没有太多关系，或者说，时代的流行总是要以很慢的速度、很偶然的方式才能与那里相逢。我就是在这种情况下读到了九十年代最流行的小说《上海宝贝》。

　　我记得是一个周末的晚上，空旷的校园没有几个人，百无聊赖的灯光也稀稀落落。我信步走到校园一角的一个小书店，书店不但卖书，也租书，这样的书店现在已经绝迹了。我当时想去租一本武侠小说消磨时光，虽然已经跨入了二十一世纪，但人类消磨时间的方式其实一直很有限。那个时候的大学生，谈恋爱，看电影，读小说，打扑克，大概也就这些了。集体活动几乎没有，课程也乏味，一种不明所以的压抑笼罩着我的青春时代——就是在那天晚上，我在书架上看到一本《上海宝贝》，封面有点破旧，显然被很多人翻看过，而作者是一个我完全陌生的名字——卫慧。我站在书架前一口气将其读完，等我抬起头，已经是灯火阑珊。

那本小说向我展示了完全不同的世界，那个世界由不受控制的欲望、即时性的满足和对人生满不在乎的态度组成，与此相伴的，还有那似乎是从天上掉下来的金钱和才华。我印象深刻的是，那里面的主角并不需要劳动，就可以获得一切，而她的才华，似乎也在一堆外国名词中喷薄而出。我承认，我当时被震动了一下。我对里面的生活不仅有一种好奇，同时也有少年的嫉妒和羡慕，还有因为不可超越的差距而产生的强烈自卑。是的，我得承认这一点，自卑占据了我的心，我现实生活中的庸常、贫穷因为与小说世界的对比而显得更加触目惊心。那个学期结束，我立即利用假期的时间专门去了一趟南京的新华书店，我在里面找到了亨利·米勒的《南回归线》和《北回归线》，这是在《上海宝贝》里面被频繁提及的两本书。我那时以为，通过阅读，我可以接近甚至模仿小说里面的那个世界，即使物质意义上不可行，至少也要有一种精神上的同步。但实际上，我从那两本封面花里胡哨的"南北回归线"中几乎没有获得任何一点营养。

现在想起来，那是一次浮夸的、充满了自我幻觉的阅读经验。在一种偏狭的存在状态中，我通过小说世界里面夸张的欲望加深着自我的私欲，在这种欲望的投射和附加的过程中，自我和这个世界并没有进行真正有效的交流，一种虚假的生活和一种虚假的想象在这样的阅读中被交换。那是九十年代意识形态的折射，它从世界资本中心的上海层层扩散，最后也不经意地抵达了我所处的那个小城。未经反思的欲望，个人道德上的利己主义，解构一切严肃思考的历史虚无主义，构成了这一意识形态的全部。《上海宝贝》不过是这一意识形态在文学上的一次具象化，而我在那个冬日夜晚的阅读和陶醉，今天看来，恰好是九十年代在一个个体终端上的社会化呈现。

九十年代终结于何时？新千年的来临？经济危机的周期性爆发？或者更具体，是一个个事件的排列：澳门回归、非典、汶川地震、北京奥运……这些构成了2000年以来的基本历史语境，它们以一种外在化的方式作用于每个身在其中的中国人，而内里质地的变化，却缘于不同的机缘。就我个人而言，这一机缘的获得，缘于与另一本书的相遇。2014年的某一天，我和作家蒋一谈一起去找批评家李陀聊天，当时李陀刚刚从美国回来。在聊天的过程中，李陀突然问我们，你们愿不愿意花点钱买一本书？然后拿出了一本厚厚的修订版《心灵史》，这是一本具有强烈仪式感的书，限量印数七百五十册，作者张承志的毛笔签名，厚厚的牛皮封面，封面上镶嵌着一块纯银徽饰符号，每本定价一千五百元。面对我们诧异的眼光，李陀解释说，张承志想通过这种方式募集一笔钱，送给巴勒斯坦的难民。蒋一谈当场买了两本，其中一本送给了我。

这是我第一次读到《心灵史》，同样是在晚上，当我回到家迫不及待地打开这本书的时候，几乎是在一瞬间，我发现，这才是我要找的书——一部真正能够照亮我的灵魂和精神的大书！在接下来的几天，我闭门不出，完全沉浸在张承志所讲述的那个世界里：大西北的沉默和坚韧；贫穷的人民和他们坚持的正义；弱者的呐喊和抵抗；知识者的反思和忏悔。这个世界如此真实，以至于我在阅读时不得不经常性中断，以此来平复自己汹涌的思绪。这本书超越了一般意义上的小说、故事或者散文，或者说，它是这一切的综合体，它以一种杂糅的方式将自我的历史和他者的历史结合在一起，在对苦难的人民和苦难的宗教的追溯中，它试图寻找到精神的源头，以此抵抗一个时代的媚俗。这个时代，正好就是我生活着并将继续生活着的时代，这个时代，曾经以《上海宝贝》的方式戏剧性地与我调情，而现在，通过《心灵史》，我将我自己治愈。尼采曾经说过瓦格纳就是他的疾病。对我来说，以《上海宝贝》为代表的那种"小资想象"就是我的疾病，我曾经如此病入膏肓——万幸的是，我遇到了《心灵史》这一味时代的良药。

《心灵史》封面上的纯银符号的中文意思是：他与他创造的。我的理解是，因为有无数的他者，这个世界才得以被创造。只有尊重这创世的无数他者，这个世界才会变得越来越美好。这他者是谁？是你，是我，是无数劳动着的、生活着的普通的人。在这个意义上，《心灵史》像一道闪电，照亮了众多陌生的脸孔，而我，正是在对这些脸孔的理解和思考中，在我自己身上终结了九十年代。

从九十年代到二十一世纪，近二十年的时间，我的阅读史大概就是一部寻找真实世界的历史。我们这个时代，景观化已经征服一切，大多数文字的书写，都在景观化中流于肤浅和狭隘，自私自利并以此为荣成为道德的玫瑰，我眼睁睁地看着一代人在修辞的自我安慰中走向彻底的平庸。像《心灵史》和张承志这样的为文为人，已经是一个时代的孤绝。我反复阅读这种孤绝，并将其内化为我自己的思考方式和行动方式。

2014年，张承志来人民大学做过一次演讲，他一张张展示巴勒斯坦难民营的照片，他将《心灵史》募集到的钱交到那些贫穷苦难的人手上，和他们拥抱、喝酒，他就是他们中的一员。他找到了他。

2015年，我最终完成了一本思想随笔《80后，怎么办?》。在这本献给我的同时代人的书中，我和盘托出了我的困惑和思考：小资产阶级之梦幻灭之后，我们的路在何方? 对于"80后"甚至更年轻的代际而言，应该以什么样的方式与世界进行对话？我们怎么寻找奋斗和自我革新的方法？

历史就在脚下，世界从来就不虚无。《80后，怎么办?》的最后一句话是：

我相信我们可以找到那条路。

"黄金时代"备忘录（2008—2019）

一

　　2008年5月19日下午2点20分左右，他抱着一摞书匆匆下楼去图书馆，刚走到篮球场中央的空地上，突然，空中传来警报声，先是细细的短鸣，然后是呜咽的长鸣，他立即明白这是为一周前"5·12"汶川大地震的遇难者致哀。他停住脚、立正、低头。周围有寥落的几个人也和他一样，这个时间点，同学们要么在教室上课，要么还在宿舍里睡午觉。高大的乌桕树在烈日下懒洋洋地耷拉着叶子，人和人的遭遇是如此不同，那些在汶川大地震中失去生命的人已经从这个世界上消失，一个猝不及防的灾难，一个猝不及防的命运。他想起"5·12"刚刚发生之时，网上的信息铺天盖地，他在简陋的博士生宿舍里经受着心灵的巨震，然后反应过来应该做点什么……为了那些受难的同胞？为了可怜而无助的人类？他打电话给几个好友，商量是否要去灾区做志愿者，并开始计划行程。但随后的新闻提醒非专业者不要前去灾区，以免带来更多的不必要的危险。后来他在一本书里反思了这种冲动，觉得这是一种"希望见证历史现场"的参与渴望——其实不过是历史虚无的反面。但是在最初的动机里，好像确实是想做点什么，不是为自己，而是为他人，虽然最后也不过是捐了一点钱——当然那个时候他是个穷学生，每个月的生活补助是二百九十元，其他的生活费用都得靠自己用课余时间去挣。

大地震对他来说究竟意味着什么？从现实的层面看，好像什么都没有影响到他，他没有任何朋友、亲人生活在地震灾区。唯一的是，在一次旅行中他和女友认识了另外一对情侣，那几天他们一起结伴游玩，相处得比较愉快。那对小情侣中的女生来自四川，地震发生后，他的女友给那个女孩发了短信问询情况，但一直没有收到回复，也许她果然遭遇了不幸，也许是不想回复一条其实有点陌生的信息。地震对于他，更是一个想象的中介，他感受到的，并非具体的丧失，而是作为人类某一部分的丧失，同时他也痛心于同时代的思考者并没有借助"大地震"的痛感建设出一种属于此时代的哲学。他一度想组织一个学术讨论，题目都想好了：大地震之后，我们的秩序和责任。但是直到十年后，这个学术讨论依然没有进行。但是巧合的是，在2019年的一次出国访问中，他认识了日本东京大学的教授石井刚先生，不知为何话题就谈到了大地震，对日本人来说，大地震构成了生命的内在经验，他在石井刚教授的一篇文章中更是读到了一个人文学者如何将经验思考为哲学的方法：

如何用语言来叙述或者记录灾难？不，为什么需要用语言来叙述它？危急关头语言还能有何作为？……她感叹的不是在灾难面前不知所措的失语状态，而是灾难带来的人心慌乱和现代传媒体制的虚拟品质导致的语言名实关系的严重失序。……既定秩序突如其来的毁灭出乎意料地给人们敞开了重建语言、重塑"我们"世界的难得机遇。……为了重塑世界，能起到关键性作用的重要触媒乃是与他者的邂逅。但与他者的邂逅又绝非易事。

是的，汶川大地震让他意识到了一个重要的问题，就是大地震以及与此相关的重大事件所应该带来的"与他者的邂逅"在他生活的语境中并没有发生。大地震构建了一种新的"国民想象"，他由此感受到了与陌生他者之间的精神联系，但是这一联系迅速被媒体的话语转化为一曲赞歌，连足够哀悼的时间都没有留下来。对一个个具体的人的同情和爱被转化为对抽象的信仰和共同体的爱，这中间缺乏足够人性的逻辑。他想得起来的一个比较人性的故事是，他认识的一位女记者，在地震的现场采访了几天后回来，从此几乎不出席任何北京的文化活动，偶尔的几次见面，也沉默寡言，他从心里对这位记者充满了尊敬，这种尊敬随着时间的推移变得更加坚固。

事实是，2008年的痛感很快被稀释。整个8月，他每天站在宿舍的窗户前望着楼下的操场，上面停满了大巴车，成群结队的奥运志愿者穿着统一的服装在此早出晚归，这里面有他的老师、同学和朋友，他没有参与其中。他在宿舍里打开一本书，在重要的话下面画线，去难吃的西区食堂吃一份回锅肉盖饭。

无论如何，大地震和北京奥运，既构成了终点，又构成了起点。

二

2008年底他没有回安徽老家过春节，理由是要留在学校写博士学位论文。那个时候他确实在为写论文而努力，但也不至于殚精竭虑。但他看起来确实像一个刻苦攻读的清贫学子：穿着黑色的贝斯手款的短夹克衫、蓝色牛仔裤，无论多么冷的天都拒绝穿秋衣；头发稍微有点长，脸庞瘦削，看起来有点营养不良；会在宿舍楼下抽几根"中南海"，但从来没吞进过肺里；偶尔会出现在三里屯的某家酒吧，他只点一种叫"自由古巴"的鸡尾酒，不是因为好喝，而是因为对切·格瓦拉的一种盲目的少年的热爱。他在格瓦拉逝世的某个周年纪念日写下了一大篇纪念文章，称呼切为"导师、战友和大哥"，文章中充满了臆想的激情和小资产阶级的自恋。他有一个英文名字——Chey，词根即来源于切·格瓦拉。他同时将这种想象转化为实践，在一次反对学校宿管科禁止女生自由进入男生宿舍的事件中，他成了校园BBS上最热情的游击队员，他甚至征用了法国五月风暴的先例，呼吁抵制"集中营式"的管理制度。他的热情得到了一位法学院博士生的全方位支持，那位法学博士在他的每一条帖子后面跟上一份法理清晰、论证严密的法理技术帖。事情的后果是，他和那位法学博士都受到了学校相关部门的传唤，但是门禁制度也因此搁置。多年后他走过自己曾经住过的宿舍楼，发现已经门禁森严，不禁为自己当年的勇敢而暗生骄傲。这是因为切·格瓦拉的影响还是因为少年的血气？并不确定。虽然后来在陆续的阅读中读到了越来越丰富复杂的格瓦拉形象，但是他依然选择相信那个他最初热爱的切。他在博士宿舍的书桌前，贴了一张切的海报：戴贝雷帽，眼睛斜睨，嘴里叼着一支香烟。他就在这不驯服的眼神的注视下完成了博士阶段的全部学业。

他现实中的导师是一个温和、宽容、乐观的学者。他们共同商定了他的博士学位论文选题，他一稿即获得了导师的首肯。但是他总觉得导师是被论文最后一页致谢词打动了，尤其是写给时任女友的几句："我的父母将我托付给你如托付一个孤儿"——整个致谢词他娴熟地使用了第二人称，以此来加强语感的恳切性和抒情的可信度，他知道即使是答辩委员会的专家们，也大概是从致谢词看起，更不用说他的那些可爱的师弟师妹们。作为一种奖掖和信任，他的导师为他举行了一场隆重的博士学位论文答辩会，博士学位论文答辩委员会的常规体例是由五位教授组成。他的博士学位论文答辩则有十几位一线教授到场，以至于答辩会几乎变成了研讨会，他基本上不用回答什么问题，因为教授们已经在各自的逻辑里展开了学术的搏击术。他坐在那里想到的却是另外一个场景：某个下午他和一位顶尖大学的著名教授聊天，暮晚时分目送这位教授离去，突然觉得这位教授的背影如此孤独，孤独得让他不太相信学术能够完成对生命本身的救赎——是从那一刻起，他感受到了一种命运的悖论吗？后来他在电影院看《妖猫传》，最打动他的一句是师傅临终前对空海说的话:"空海,我穷尽一生也没有得到超脱,你去大唐寻找真正的秘法吧……"

可是真正的秘法在哪里?是文学吗,成为一个诗人?是学术吗,成为一个学者?他记起来在十一岁的时候——那是1991年,社会转型的序幕即将拉开,数代人的迁徙和漂泊即将开始。在那个巨变前难得的平静中,在故乡的大湖边,他问父亲:"艾青的诗和普希金的诗,谁教会我们更多?"他的父亲好奇地看了他一眼,回答说:"都差不多吧。"这不是他需求的答案,但那个时刻他已经清楚地明白,拥有中师学历的父亲无论从任何一个角度都已经无法提供更多的精神滋养了。红鼻子哥哥的故事一去不返,他必须独自穿过生命的森林。在2009年他博士即将毕业之际,他发现自己再一次陷入困惑之中,生命的秘法何在?虽然时代的喧嚣一次次将这个问题覆盖,但又总是在某个时刻涌现出来。

在2009年的7月和8月,他似乎短暂地回到了那个平静的"大湖时刻",他顺利毕业并顺利就业,成为一位新入职的大学教师,在一栋旧楼里有了一间办公室,他将所有的书都堆在办公室里,阅读,记笔记,写论文,吃食堂,穿运动短裤去操场跑步，将脚搭在桌子上，喝很甜的汽水饮料，深夜出门上厕所发现钥匙放在室内了，然后纵身从门上面的半扇窗户里爬进去……

有一天，一位好友从海边给他带来了一枚小小的海螺，然后坐在他的对面，静静地看着他。等他想说点什么的时候，好友突然起身就走了，他从窗户里望见其身影经过孔夫子的塑像，他打电话，已经是拒接的忙音，自那以后，他们再也没有见过。

也是在那个月底，他的工资卡收到了入职以来的第一笔工资，一万两千多元，三个月。

三

晚10点，一阵不急不缓的敲门声突然响起，正在看书的他抬起头，侧耳倾听，没错，是有人在敲门。他心中一阵疑惑和激动，难道是有好友要深夜来给他一个意外的惊喜？他匆忙整理了一下发型，然后向客厅走去，推开门，一个高大魁梧的东北大婶站在门口，"小伙子，你家门钥匙忘记拔了，你看……"果然，钥匙连着钥匙包一起挂在锁眼上，显然是傍晚进家门时忘记了……这是2011—2015年他住在京郊日常生活中的一幕。

在他埋头追求知识和真理的那几年，北京的房价以倍数增长，并迅速将绝大部分人变成了"房奴"。他曾经听闻，楼上某系的一位博士生，读书期间醉心于折腾房子，毕业时已经身价千万。关于房子的想象和叙述构成了二十一世纪初中国最大的创世神话——一房在握就可以傲睨天下。他是这一神话中的一个单词，但是他以极大的冷静观察并思考，他的切肤之痛并不在于"安得广厦千万间，大庇天下寒士俱欢颜"，他没有那么肤浅，他关切的核心是在此重压下精神的萎缩和意志的溃散。事实正是如此，在懵懂地对资本的追逐和拥抱中，不是一代人，而至少是三代人丧失了基本的自由和独立。他诚实地表达自己的这些感受，并不惮于引起误解和非议，他深深地知道，与那些苦苦挣扎却不能发出任何声音的人相比，他其实要幸运得多，他不能愧对这一幸运，"一个痛苦的人有权利尖叫"，他认为阿多诺的这句话在一定程度上是对的。

2011年他沿地铁4号线一直往南，想寻找一个稳定的居所，最后在清源路附近购买了一套两居室。他给自己的理由有如下几个，第一，他需要一个有书架的房间，这样才可以将堆积在办公室的书放好以便阅读；第二，他需要一个能每天洗澡的地方，这样他就不需要经常混迹于学生公共浴室，有几次他在浴室和所教班级男生赤裸相对，场面一度尴尬，据说事后还有男生将QQ签名改成"见过某老师裸体的人"；第三，他认为这里的房价偏低，可以承受还贷的压力，其时该地段均价在一万二左右，比起三环内动辄五万起确实便宜很多。当然这再一次暴露他文科生的非经济的一面，因为事后证明，三环内均价五万的房子很快就涨到了十万多，而他那个地段直到四年后他卖掉房子的时候也仅仅徘徊在一万八。

那一段时间他大部分的诗歌写作都是在地铁上完成的，从他的住处到单位，单程通勤七十分钟左右，开始的时候他以为可以在地铁上读读书，后来发现并不可行，即使是非高峰时段，地铁上也很少能找到位置，用手机写诗是最合适的方式。他常常在地铁站簇拥的人头中产生错觉，以为置身于某一场灾难大片，人类被魔灵附体，然后僵尸一般地蠕动。

他收集了一些地铁安全的常识，并在背包中常年准备了手电筒，他在地铁上见过打架、抢座、乞讨、亲吻、晕倒……那是人世间的各种情态，像一帧帧电影的断片，其中最激烈的形态，是2014年11月6日，三十三岁的手机销售员潘小梅在地铁5号线惠新西街南口站被卡在列车门和屏蔽门之间，不幸坠入地铁轨道，当场身亡。他并不认识这个小他一岁的年轻母亲，但是他感受到了肉体在钢铁挤压下的巨大疼痛，他写了一首诗歌《潘小梅——给所有地铁上的死魂灵》。那个"大湖之问"再次逼问他，在现实的残酷和暴虐面前，真理究竟意味着什么？多年后他看到伊壁鸠鲁学派著名的"神义论"：如果神能拯救但不想拯救，说明神是坏的；如果神想拯救但不能拯救，说明神是无能的；如果神不想拯救也不能拯救，说明神是又坏又无能的；如果神想拯救又能拯救，那么，请问世间为什么有这么多不幸？

他不能回答这个问题。在最开始的教学中，他恪守着韦伯所强调的职业道德，坚持在课堂上仅仅讲授"客观的知识"，并不带有个人的伦理好恶和道德判断。但是他很快发现了这里面的自相矛盾，缺乏伦理学和道德性的知识更接近真理吗？事实可能相反，不但不能接近真理，甚至在一个高度景观化和仿真化的后媒体时代，连"真相"都无法接近。他意识到那些经典思想者们同样陷入无穷无尽的分裂，韦伯一方面强调职业的伦理，以学术为志业，另外一方面又教导学生应该做一个真正的"政治人"。看似普遍化的知识背后，又何尝不隐藏国籍、民族、性别和阶级的建构？有一段时间他迷恋福柯，试图将一切观念进行权力的图谱离析，学校这一高度现代性的共同体给他提供了绝好的分析样本。他从初中就开始上寄宿制学校，经历过"半监狱式"的管理模式，在2003年席卷全国的"SARS"病毒中，他和他的同龄人被"圈禁"在校园内，其中一座楼专门用来隔离有风险的"疑似感染者"，他曾经在楼下用呐喊的方式和那些"疑似感染者们"对话，安慰他们的恐惧。那个时候只是觉得理所应该，还有点受虐式的激动；后来想起来，这里面的驯化机制是多么福柯，又是多么现代。到了2019年，他有一个更深的感受：任何一个维度上的权力都勾结起来了，这些维度包括技术、商业、政治、学术、科层、媒体。

从驯化的制度结构上看，教师构成了其中重要的一部分。他无比警惕这一权力的内在化，因此他与学生保持着一种有效的距离——这距离使得他可以最大限度弱化权力可能产生的歧途。比如他几乎不在私人场合见学生，不干涉学生的任何私生活，也很少和学生做与工作学习之外的交流，当然，他也同样不让学生进入到自己的私人领域——一个现代人必须在最大限度上保持自我的秘密，这样才能得以"精神保全"，这是西美尔在《大都市与精神生活》里面提供的方法论。他确实更喜欢大都市的生活，因为那种陌生性带来了安全感，但是随着人脸识别技术的普及，这一安全感还存在吗？但即使大都市或者由大都市所主导的社会体系提供的安全感越来越稀薄，也不意味着他愿意去人群中寻找团体主义的安全。他几乎不参加任何集团性的活动，东亚的文化结构，从血缘出发，建构了强大的集团性的关联，即使在遭遇现代性强烈冲击后的一百年，这种集团性也没有彻底瓦解，反而在不同的管理体系里面得到变形的应用。日本学者丸山真男在讨论日本思想史的时候曾经提出过"自然"和"作为"的二分法，自然即服从既有秩序，作为即以个体意志改变秩序，丸山以为日本人的思想状态一直没有摆脱"自然"的状态，并将其称之为"执拗的低音"。但是丸山可能没有意识到的是，在古典秩序下服从自然固然使人处于"蒙昧"状态，在现代秩序中"个人作为"如果缺乏伦理的边界，同样会造就野蛮——一种施特劳斯所谓的现代单一性野蛮。他拒绝任何意义上的"野蛮"——野蛮不仅仅是指集中营的杀戮，在更日常的层面，它指向的其实是在"与他者的邂逅"中的"自我失控"，充满占有欲的恶意往往能被意识到，充满侵略性的爱意却往往被冠以美好的含义，在他看来，后者不过是一种媚俗。他试图在历史主义和现实主义的双重层面上拒绝媚俗，这让他在生活中看起来有些不近人情，他尤其讨厌公开的眼泪、曝光的幸福和宣传的成功，而这三者，恰好是这个世纪的口红。

真理如果确实存在的话，它只能是个人的，在一个商业和网红互相献媚的时代，这是多么痛的领悟。

四

2019年7月的暑假，他抽空回了一趟老家，主要是扫墓和看望几位家族的长辈。老家位于皖西南一隅，是安徽、江西和湖北三省的交界处，从合肥驾车，大概有三个小时的路程。他特意叫上父亲陪同，因为他几乎不知道家族墓地的具体位置和那几位还活着的长辈的住处。他们顺利地抵达了家乡，但是发现并不能到坟前跪拜，因为遍野丛生的荆棘和树木将乡间的小路全部填满了，这在十几年前是不可想象的事情，那时候乡村人口众多，长年缺燃料，听父亲说，连地上的草皮都要挖起来晒干贮备以防不时之需。他们只好遥拜，敷衍了事。他还惦记着去村里的老屋看一眼，却立即被父亲阻止，父亲不停抱怨说太热了，抓紧时间回去吧。很奇怪，父亲似乎非常厌恶乡村，2008年，父亲力排众议在县城买了一套房子，几年后，在他的建议下，父亲将县城的房子卖掉，在合肥置换了一套两居室——这样，父亲"进城"的理想彻底实现，他也少了一些后顾之忧。他有时候能从父亲身上看到一点点高加林的影子，《人生》的结尾，高加林最后回到了高家村，如果现实中的高加林继续生活下去，他最平凡的结局，大概也就是像父亲这一代人一样吧。

那天他们还在县城的一个小巷子里匆忙看望了一位老

人——父亲的姑母，他的姑奶奶，已经年近八十，他几乎有近十年没有见过这个老人了，寒暄几句后，老人流着泪蹒跚着送他们一行出了小巷，三个月后，她就辞世了。在回去的高速路上发生了一个小插曲，号称最安全的沃尔沃V6系SUV毫无预警地左后轮爆胎，幸亏驾驶员是军人出身，沉着冷静，又幸好离一处高速服务区不远，没有酿成大的事故。父亲后来心有余悸地自责说："可能是祖先们觉得我们的心不诚啊。"

他当然不会有这种"非现代"的想法，但是他内心的秘密却也没有告诉别人，他回乡扫墓的一个主要动因，是在北京有一晚做了一个梦，梦见早已逝世的祖父牵着他去给更早不幸逝世的姑姑上坟，他从梦中哭醒，感觉到死亡原来其实是他身体的某一部分，只不过是，他在日常的琐碎中将它压抑了。家族和乡土对他来说是无比典型的"侨寓情绪"的投射，他从来没有想过真正回到乡土生活，他这一代人，已经基本上失去了在乡土生存的能力。他也从内心里排斥那种浪漫化或者苦难化的乡土美学，但是不由自主地，在夜深人静的时候，他又常常回想起他曾经生活了十来年的那块地方，具体来说是度过他童年时光的大院落，里面种满了各种花；院落前面的大河，他曾在里面浮游；还有远处群山的倒影，朝霞和夕阳，满天星斗……至于这里面的具体生活的细节，人间的哀乐，他全然不知也毫无兴趣，这是他和父亲的区别，父亲知道这是幻觉，所以坚决地逃离绝不回头，而他，却一直对这一幻觉念念不忘——他有时会陷入他自己的媚俗。

另外一处媚俗就是，他不可避免地进入了家庭生活。在现代政治的架构中，有两个利维坦。一个是全能型的政府，另外一个则是全能型的小家庭。在某种意义上，后一个小利维坦是前一个大利维坦的分子结构。他读过阿兰·巴丢对小家庭的哲学批判："一个小爸爸，一个小妈妈，一个小宝贝"——一个典型的小资产阶级的家庭，私有制和成长规划在此获得具体的生命形态，并最终为那个大利维坦效用的发挥输送意识形态。他曾经抵抗这一形式，但终究是被卷入进去，并同样从阿兰·巴丢那里找到了相互矛盾的理论支持——"爱是最小的共产主义"。2013年4月的一个中午，女儿出生了，在喜悦的同时他隐约有一丝的茫然，这一茫然保持了很久，很长一段时间他觉得他和女儿相互不需要。他并没有从生命延续这一基本的命题去理解女儿的出生，他更愿意将她视作一个潜在的精神对象，他可以和她进行真正的精神交流——他设想过的最媚俗的一个场景是在《大卫的伤疤》里面读到的：在清晨或者黄昏的阳台，他和女儿一起读一部真正的圣书。如果他的女儿此时和他讨论真理之道，也许，他可以回答得更加圆满——至少好过他父亲当年对他的回答。但是这一天并不知道什么时候能够来到，目前的情况是，上小学一年级的女儿对玩具、美食和小游戏的兴趣远甚于阅读，他们有时候能够和平共处，但有时候他会失去耐心，他最害怕女儿说的一句话是："爸爸，陪我玩……"

五

2019年是一个谶言，充满了无限的可解性：1月，美国政府停工长达二十二天，创美国建国以来历史纪录。2月，特朗普与金正恩在越南河内会晤，引发各种政治预测。3月，埃塞俄比亚一架客机失事，死亡一百五十七人；同月，新西

106

兰清真寺发生恐怖袭击，凶手现场射杀五十人。4月，人类捕获第一张黑洞照片；同月，巴黎圣母院大火，损毁严重。5月，委内瑞拉政变失败。8月，美国正式退出《中导条约》；同月，亚马孙森林大火，至少五十万公顷森林被毁。9月，沙特石油设施遭遇不明无人机袭击，美国和俄罗斯互相指责对方。

　　他试图从这些事件的列表中找到什么。他记起2018年底他在香港参加一个国际会议，在聚餐后返回酒店的巴士中，牛津大学出版社的一位著名出版人问他最近几年在思考什么问题，他沉默了一会儿，回答说："时代精神。"是的，这是他作为一个知识人的思考重心。他理解的时代精神不是一个空洞的大词，他追求的目标是对黑格尔一句话的修正，黑格尔在《哲学演讲录》的开篇中指出"时代的琐屑阻碍了对时代精神的探求"，他认为不是，恰好是在时代的琐屑中才能求证时代精神的复杂性，但即使如此，他也依然对这十年发生的一切充满了困惑。2019年加深了他的不确定和不自信，他引用老巴尔扎克的《萨拉辛》来为自己的不确定狯辩：当下的时代精神就是一个萨拉辛式的存在——萨拉辛的隐喻是，一个被阉割的主体，一个无法确证自我身份的非在，一个让人爱憎交织的大他者。还有比这更无力更苍白的辩解吗？他清楚地意识到，作为这一代的知识者，他是失败且犬儒的：他既不能完成对"真理"的探究，也无法说出现象层面的"真相"，他甚至都无法记录"真实"以备忘于历史。

2020年1月，美军成功"定点清除"伊朗军队1号人物苏莱曼尼，美伊局势紧张。在一个人文社科知识分子聚集的小微信群里，一位编辑发了一条求助的微信：有对美伊关系有话说的老师吗？群里一片死寂——甚至连简单的道德表态都没有。他想起1936年西班牙内战爆发不久，中国的知识分子如巴金、徐懋庸等就展开了热烈的争论，并直接影响到那代人的精神结构和志业选择。八十年弹指一挥间，互联网时代的便利资讯并没有让大脑变得更加有智识和更有道德热情，相反可能是一种退化，智识和政治环境都在鼓励一种谨慎的专业主义和保守主义——同时也是一种狭隘主义。

他不无悲哀地发现了这个事实——精神意志松弛了，不仅仅是他一个人的单数，而是一代人的复数 ——这是一个无比诡异的悖论，物质的意志亢奋激昂，精神的意志萎靡虚弱；集体的意志所向披靡，个人的意志一败涂地。

这算得上是时代精神的一个表征吗？他依然不能给出确定的回答，但是他意识到了，如果前者意味着一个黄金时代，那么，因为后者的缺席，这一黄金时代始终是在跛足而行，并在2019年的语境中走到了终点。他必须再次确认这一点，即使是这样一个跛足的黄金时代——也结束了。

2020年1月底，因为现代利维坦的惰性和黑洞，被命名为"2019-nCoV"的新型冠状病毒蔓延，与1998年的大洪水、2003年的非典、2008年的大地震，还有发生在他有生之年未生之年的各种灾难性事件一起，灾难自行构成了一个负典的谱系，在这个负典的谱系里，他隐约窥见到了一种"密契"：那是两个全能者之间的交换，好的全能者和坏的全能者。而作为普通的生灵，他并没有权力去标价。他渐渐发现所谓真理其实也是一个坏词，真正值得珍惜的，只剩下信或者不信的举意。

于是，这个出生于公元八十年代的中年大叔，这个"千禧一代"，在持续盘旋的第二个千禧年魔咒和梦魇中默默对自己说：

——我来了……

——我愿……

致平凡：一种形而上的思考

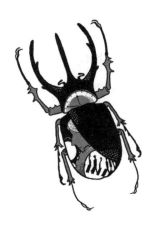

一

从历史的角度看，平凡、平凡的人、平凡的人生和生活，这些词和短语所传达的价值和意义，要从十八世纪启蒙运动以后才得到关注和重视。维柯在他那本著名的《新科学》里，曾经将人类社会的历史区分为三个时代：神的时代、英雄的时代、凡人的时代。维柯那里的凡人，也就是摆脱了神和英雄的控制，可以确认自我并创造属人的历史的人。启蒙思想家痛感于中世纪的人们在神和君主控制下的不自由和被奴役，怀抱着朴素的愿望去建构和想象普通而正当的人性，这些人性，是自人类诞生以来就该享有的"自然权利"，不过是在历史中被故意蒙蔽和删去。启蒙的意思是"要有光"，这与上帝的创世纪有异曲同工之妙，这是参与启蒙运动的知识者们的天真和热望，无论是洛克的经验论，还是亚当·斯密的"看不见的手"，还是伏尔泰的"老实人"，他们最终要构建的，是一个不断摆脱枷锁获得自由生命状态的个体。在1784年，德国杂志《柏林周刊》做了一个同题问答：什么是启蒙？大量的读者以及当时一些最重要的知识者都回答了这个问题，其中，以哲学教授康德的回答最为人知晓："启蒙是人类挣脱自我施加的不成熟。这里的不成熟是指人不听从别人的指挥就无法使用自己的理性。"

启蒙运动者的努力有目共睹，在某种意义上，启蒙运动是现代社会的真正开端。在启蒙知识者的乐观想象中，普罗大众一旦接受了启蒙成为真正成熟理性的个体，则大同世界不请自来。但是启蒙主义者太过乐观了，事实是，与现代社会一同到来的，不仅有理性、科学和开明，同时也有偏执、自我中心和技术狂热。1818年玛丽·雪莱在其著名作品《弗兰肯斯坦》中集中书写这种自我中心和技术狂热带来的恐怖后果：弗兰肯斯坦借助技术的力量，僭越上帝的权力造出了一个似人非人的生物，这个生物没有成为理想中的"新人"，而是变成了怪物，不停地向弗兰肯斯坦索取，把他折磨得家破人亡，在生命的最后时刻，弗兰肯斯坦告诫说："从宁静中寻求幸福吧，避免高远的志向，即使看上去纯洁正确的志向，比如在科学和创新领域出人头地之类。"

这个小说的结尾和康德的临终故事传达着相似的含义，据说，在康德弥留之际，他的学生将他的三大本哲学巨著放在他手边，老康德摩挲了半天，说了一句："如果是三个孩子，该多好啊。"

无论是玛丽·雪莱还是康德，这些现代智识者都意识到了这样一个事实：被现代召唤出来的人类欲望如果不加以引导和控制，人类将会走上不归之路。出人头地是不道德的诉求，而过普通平凡的人生也许才是正道。

二

文艺复兴时期对于人的赞美以莎士比亚的《哈姆雷特》

为最："人啊，你这宇宙的精华，万物的灵长！"但是这赞美离"人类中心主义"不过一步之遥，而这一步跨过，就覆水难收。《弗兰肯斯坦》里的怪物、泰坦尼克号的沉没、世界大战的惨烈都无法阻挡人类的欲望步伐。理性人变成了并不理性的经济人，看不见的手推动着全球性的开发和掠夺，利润变成了人与人之间最根本的联系纽带。十九世纪以来的资本主义以此完成了其根本性的规划：在人与自然的关系上，它鼓励人对自然毫无保留地改造和攫取，并不惜以毁坏生态系统为代价；在人与人的关系上，它鼓励人和人之间残酷的竞争和争夺，并以此分配生产资料和生活资料。正如霍克海默所言："到了最后，一个人几乎每一秒钟都在为某些人的利润而忙碌。"其实这句话应该修正为：一切人都在为利润而忙碌，唯一的区别是利润多还是利润少。

建立在利润基础上的现代社会由此形成了一种普遍的道德观念，即成功学道德。在这一道德法则里，只承认胜利者、强者的地位，并根据胜负原则分配实际资本和象征资本。一方面是以物质主义和消费主义来激发现代人的占有欲望，另外一方面是将强者恒强、赢者通吃的达尔文进化主义社会化。成功学的道德一言以蔽之，没有最好，只有更好。其典型性的体现就在于现代奥运精神对古代奥运精神的置换：古代奥运自由的狂欢精神被"更快更高更强"的竞争精神所代替。

一个被成功学所覆盖的社会不会认可平凡的意义，也不会承认普通人的价值。它只认可"杰出""优秀""伟大"——总之，它只承认胜利的英雄，而拒绝倾听失败者的辩护。现代人在此唯一的出路就是通过出卖自己的劳动力，为自己在社会利润的结构中占据一个优先位置。维柯和启蒙者所热望的"自由人"只能自由出卖自己的劳动力，并接受市场严格的挑拣和控制。劳动者的自我和劳动本身都趋于异化，劳动不再是一种自主创造的喜悦，而是流水线上的疲于奔命。在卓别林时代，那就是不停地旋转螺丝帽的工人；在我们今天的社会，就是996，就是外卖小哥被系统时间锁定，就是孩子从小就被教导要考一百分，要赢在起跑线上，就是四处被贩卖的成功学课程和打了鸡血的营销号，就是"情愿在宝马车里哭也不愿在自行车上笑"……

二十世纪对这种异化做了最深刻书写的作家是卡夫卡，

在他的杰作《变形记》里，普通职员格里高尔变成了一只甲壳虫，他遭到了包括父母在内的所有人的嫌弃，这是一个平凡的普通人在现代社会的真实写照。卡夫卡借此想提醒我们的是：如果我们坚持这种道德秩序和利润原则，我们每个人都将会变成那只甲壳虫。

三

晚近以来，"御宅族""丧""佛系"在青年人中成为一种流行的文化，如果抛开这些标签的舆论背景，其实质上要表达的是对现代这种野蛮竞争关系和不道德成功学的厌恶和抵抗。但是如果仅仅局限在消极的逃避中，并不能解决问题，不过是对野蛮状态进行虚无主义的幻觉宽慰，并不能有效挣脱既有的奴役关系。

智识者们其实早就意识到了现代社会的这种系统性弊病并试图开出良方。1946年，施特劳斯在给朋友的一封信里说："您不妨设想一下，由于受到一种偶然的阻扰——即现代的野蛮化，我们才不得不重又学习哲学的诸要素。"这一点恰好与心理学家荣格的观点遥相呼应，1930年，荣格在慕尼黑做了一个重要演讲，他有感于现代社会的强力精神对人所造成的伤害和痛苦，以精神治疗师和哲学家的多重身份做出了如下规劝："有意识见解的偏执以及与之相应的无意识的阴性反应是我们这个时代精神病治疗的重要组成部分，这个时代过分看重有意识的意志，相信'有志者事竟成'……但是一种摧毁人类的道德又有什么用呢？在我看来，使意志与能力协调一致比道德更重要。不惜一切代价的道德是野蛮的标志。"

在我看来，荣格提出了平凡最本质的定义，平凡即"使意志与能力协调一致"。平凡并非放弃自我，恰好是，自我的觉知是平凡的前提，只有理性地变成了成熟的人，才能够正确地衡量和评估自己的能力。平凡也并非不思进取，而是对志向有准确的定位，不去盲目狂热地追求世俗意义上的"成功学"。更重要的是，将知识和能力转化为一种人生和生活的智慧，内在觉知和外在世界进行良性互动。要进步，要发展，要更新，但实现这进步、发展和更新的手段不是恶性竞争，目的不是为了占有更多资源，而是为了完成一个"善的自我"——用一句话来总结就是，走自己的路，也可以让别人有更多的路可走。在建设性的意义上，平凡是对话，是交流，是努力发掘人性的真善美，并将这一真善美化为社会生活的实践。而一个好的制度安排——正如启蒙文人们曾经设想过的那样——就是能够保证并守护这种平凡的意义和普通人的价值。唯有如此，我们才能从现代性的惯性里走出来，过上一种平凡、自由而审美的生活。施特劳斯希望我们学习哲学的智慧，他指的是古希腊的哲学。而实际上，我们中国的先贤早就给我们描摹过这种生活的愿景，那就是《论语·先进》里面孔夫子所高声赞美的：

　　暮春者，春服既成，冠者五六人，童子六七人，浴乎沂，风乎舞雩，咏而归。

从零到零的诗歌曲线

零

从零开始，又不断归零。中国的古代哲学，"道生一，一生二，二生三，三生万物"。道是什么？道就是零。在阿拉伯数学和古希腊的哲学传统中，零是一个更重要的概念，零既是开始，又是倍加，又是无限地大——乃至于无穷。零不是无，零是无限的可能，在某一个看似"无"的地方滋生出无穷尽的可能，这个可能里包括自我、世界、色相和观念。我个人的看法，文学和诗歌，是在原始巫术仪式丧失后，现代社会中的一个"零"。或者说，当"零"被具体化为一个

121

阿拉伯数字序号，而丧失了其哲学内涵后，"零"的重新仪式化被落实到了诗歌里面。所有的诗歌写作都可以说是"从零到零"。从零起始，意思是指诗歌的起源不可确定，到零结束，意思是指诗歌的意义永远无法穷尽。真正的诗歌就在这两个零之间画出一道无法测量的曲线，这个曲线的长度与诗歌的生命力成正比。一个判断是"两点之间直线最短"，另外一个判断是"两点之间曲线最长"，把这两者综合起来还可以做出一个新的判断："两点之间诗歌最长"——这并非是要矫情地夸大诗歌的作用，实际上从功利主义的角度看，诗歌没有任何作用。借用尼采在《看哪这人》里面的说法，任何对"用"的讨论都是一种现代性的鄙陋，而事实是，我们正生活在这种鄙陋中。诗歌越是被征用，它的曲线就越短，它的光焰就越暗淡。"两点之间诗歌最长"，它仅仅强调其不可测量性和不可衡量性，它甚至是——"非在"。就像全能者是"非在"但又经常显现一样，诗歌也是这样的，它偶尔显现于一首具体的诗歌或者一个具体的诗人，但从不会因此而失去其根本的不可知性。这是诗歌对日益流行的社会学和历史学的反对，社会学和历史学厘定对象，并采用一种"科学"的方法来进行生理学的剖析，社会学的威权者如布迪厄曾断言"一切都是社会的"，并认为"没有任何一种事物不可以进行分析"。这傲慢的启蒙主义式的自信已经被证明不过是一种人类的虚妄，一首具体的诗歌当然可以被分析、讨论和教学，但是作为"曲线"的诗歌却不能，它逃避一切的阐释，因此也拥有无穷的阐释。

一

"一"是什么？我们每天都在说"一"，都在使用"一"。中国伟大的诗人屈原有一首著名的诗歌《九歌·东皇太一》，写的是祭祀东皇太一神的场景。这个东皇太一，根据学者的考证，应该就是中国星象崇拜中的北极星。屈原的诗歌是这么写的：

吉日兮辰良，穆将愉兮上皇；

抚长剑兮玉珥，璆锵鸣兮琳琅；

瑶席兮玉瑱，盍将把兮琼芳；

蕙肴蒸兮兰藉，奠桂酒兮椒浆；

扬枹兮拊鼓，疏缓节兮安歌；

陈竽瑟兮浩倡；

灵偃蹇兮姣服，芳菲菲兮满堂；

五音纷兮繁会，君欣欣兮乐康。

虽然对此诗的解读众说纷纭，但有一点是确定的，这首诗歌更接近于诗歌的"原始性"。在这个原始性里面，我们看到了一个场景，那就是祭祀者（凡人）通过复杂的仪式将自己与东皇太一"合体"，从而生成了一个新的"自我"。这一点正是我要强调的，我们今天通常所言的"自我"，是资本主义兴起后对人的一种界定，这一界定局限在人作为一个物质性的现实存在的个体，而忽略了人在更古老的生活和经验传统中的另外一种定义，那就是人不仅仅是现实的，也是精神的，不仅仅是世俗者，也是超上者。其实在欧洲的启蒙主义传统中，同样强调了人与超上者之间的关系——人只有在与上帝的对话中才可能成就自我，不过后起工业文明的技术主义压抑了这样一种认知，最后变成了马尔库塞所批评的"单向度的人"。我这里想要表达的意思是，"一"就是"自我"，这个自我，超克了"单向度的"完全现实存在意义上的自我，而指的是一种具有复杂的经验维度和历史维度的自我。这么说来，生于1980年的我这个个体，其自我却并非仅仅由八十年代以来的历史塑造，它同时也受到从零开始的一切人类经验的塑造，在我这样一个个体身上，不仅活着屈原、杜甫、李白、普希金、叶赛宁的经验，同时也继承着人类的"共同基因"，对于后一点，著名的精神分析学家荣格有个精彩的定义，他称之为"集体无意识"。我的诗歌写作，因此不仅仅是在表达一个生活于此时此地的个体的经验，同样也是在传递着作为"一"的自我的共同体经验。几乎所有的诗人都会有这样一种创作的经历：灵感往往从一个"零"的深渊开始，然后我们试图用当下的语言和经验去处理，但在某一个瞬间，我们发现此时此刻的个体并无法完全表达这些经验，而是有一种"上帝之手"在"命令"我们写——这是我经常体验到的"神灵附体"的时刻——在这个时刻，"一"回来了，也就是那个真正的自我在诗歌中重生了。

二

"二"是分裂。虽然"一"是确定存在的。但"二"却是我们基本的生活现实。分裂是从什么时候开始的呢？或许是从庄周所言的浑沌之死开始：

南海之帝为儵，北海之帝为忽，中央之帝为浑沌。儵与忽时相与遇于浑沌之地，浑沌待之甚善。儵与忽谋报浑沌之德，曰："人皆有七窍，以视、听、食、息，此独无有，尝试凿之。"日凿一窍，七日而浑沌死。

也或许是柏拉图在《会饮》中谈到的那个时代，柏拉图转引苏格拉底的话说，从前有三种人，一种是男人，一种是女人，一种是阴阳人。后来因为阴阳人不敬神，引得天神震怒，于是决定惩罚他们。天神不想灭绝人，于是将这些人都一分为二。柏拉图最后总结说："这一切就在人类本来的性格：我们本来是完整的，对于那种完整的希冀和追求就是所谓爱情。"

维柯在《新科学》中也指出了人类迄今经历的三个时代，天神的时代，英雄的时代和凡人的时代，而所谓凡人的时代，就是人从天神和英雄中剥离出来以后的时代了。

上述的寓言和哲学都在陈述一个事实，相对于最初的完整——也就是零的时代——任何当下都是不完整的，碎片的，无根的。这不仅仅是一个现代主义的事实，也是人类诞生以来的事实，被不断剥离的人类只有借助不同的方式一次次重返那种"完整"，爱情是一种方式，诗歌也是一种方式。此时此刻存在的一切都是短暂的，分裂的，包括此时此刻写下的诗歌，首先承认这种分裂，拥抱这种分裂，才有可能获得完整。里尔克在著名的《杜伊诺哀歌》里一再强调这一主题，他说现代人的痛苦在于不敢直接地拥抱当下，这造成了现代人的虚无和盲目。我想说的是，不仅要拥抱当下，更要在一种追求完整的希冀中来拥抱和书写当下。这也是我一直执着的生活智慧和写作理念，我曾经在一次采访中说：

大概来说，我所有的诗歌都在维系一种最虚无的个人性和最暴力的总体性之间的一种对峙和对话，这让我的诗歌在美学上呈现为一种暧昧、反讽和哀告。我用这种方式挑战我们这个时代的"假大空"以及一切的精神奴役。在通往真理和自由的道路上，诗歌是我的利刃，伤心伤城，伤人伤己。

时代的假大空和精神奴役正是要阻断我们通向"完整"和"自由"的路，将我们隔绝为一个个虚假的自我，从而阻碍真正的精神实现。诗歌应该打破这种隔绝，在基本的写作伦理上，应该反对如阿兰·巴丢所言的"报告文学式"的写作，从"完整"思考"分裂"，而不是从"分裂"思考"分裂"。在一种理想的状态中，它指向的是孔子所言的"与天地合其德"的生命状态，或者如徐梵澄所言的瑜伽状态，"是上帝与自然的合一"。不过这样的上帝和自然，也基本上等同于诗。

三

"三"并非"三",即"三"不是确定的三,而是一个虚数。"三"与万物其实是一个同构的关系。"三"就是万物。我曾经写过一首截句诗,只有两行:

万物生长

何曾顾及他人的眼光?

如此说来,"三"就是全部世界。艾布拉姆斯从分析科学的角度将文学划分为四大部分:世界、作家、作品、读者,并认为每一组关系代表了一种分析模式。这显然还是技术主义的思维。当我们说"三就是世界"的时候,其实意味着这样一种认知:世界、作家、作品、读者、自我、语言、观念等等,都同时性地存在于此时此地。这是一种空间性的思维而非一种时间性的思维。从文化的角度看,这更是一种倾向于东方文化的思维而非西方文化的思维。根据瓦尔特·米尼奥罗的观点，在十六世纪之前，印加帝国、伊斯兰帝国、中华帝国和欧洲各国同时拥有自己的文化、语言和观念，但是在地理大发现之后，随着欧洲对全球的殖民，欧洲文化成为一个统治性的文明，并以此建立了文明的等级和优劣。

我不太清楚其他语种的情况，至少在中国现代汉语诗歌的写作中，来自欧洲的文化、观念和经典作家作品一直构成巨大的影响焦虑。现代汉诗已经有一百年的历史，这种焦虑好像并没有减少多少。在这种情况下，现代汉诗"习得"的气质一直非常明显，几乎在每一个诗人的背后，都或多或少有着一位或者几位西方诗人的阴影，我想要强调的是，之所以说是"阴影"，恰好就是为了说明这些阴影是"习得"的，而并没有成为前文提及的那个"完整"的自我的一部分。也就是说，这些"阴影"不是一种自我内中生成的产物，而是一个客观的面具化的存在，它外在于我们的文化和我们的心灵。个中的缘由，大概有两点，第一点是，中国的诗人还活在一种进化论的世界观中，将欧洲文化和相关的写作视为更高的等级，以"习得"的心态和姿态去创作，并没有真正理解欧洲的文化；第二点是，中国的诗人对自己本土的传统和文化同样了解得不够深入和全面，同时又受制于分裂的现实语境，因此无法在内中构建起有效的文化有机体，去与欧洲文化进行平等对话，以及在此基础上互通有无。荣格曾经指出，如果要摆脱欧洲观念的痼疾，必须借助东方文化，但前提是必须深入理解欧洲观念和文化。同理，任何一个诗人，都必须深入理解本土文化，才有可能平等地接受他者文化，并真正生活在一个"三"的世界中。

出于上述考量，我提出一种"对话诗学"。对话诗学的意思是，在文化上反对一种单一性的霸权主义的文化态度，在诗学上避免一种单一性的陈述，在经验上尊重不同他者之间的差异。施特劳斯在四十年代曾经指出"现代重新回到了一种野蛮状态"。这种野蛮其实是单一性造成的野蛮。此时此刻我们似乎有重新堕落一种野蛮状态的危险，世界和自我也因此分裂为更复杂的质素，在这样的语境中，强调"对话诗学"并以此来激活新的创造性力量，让诗歌从敌对的二元论和"直线论"中逃逸出来，成为从"零"到"零"的无穷的曲线，这是我的一个大胆且美丽的设想。借此，我不仅收获诗歌，更重要的是，我可以收获一个智慧整全的人性。

零

　　最后还必须回到零。在"三"之后，四、五、六……基本上失去了哲学意义，它们充其量不过是"万物"的变体。"零、一、二、三、零"——如果用一个弧线来表示的话，这个顺序又恰好是一个圆（○），在象形的意义上接近于零，其圆周，则正好是一个曲线而非直线。伽利略在1641年给福尔图尼奥·利塞蒂的一封信中说：

　　但我真诚地相信哲学之书是那本永远打开在我们眼前的书；但是它的文字符号有别于我们的字母，所以不是每个人都能读懂：这本书的符号，就是三角形、正方形、圆、球体、圆锥和其他数学图形，它们都最适合于这样一次阅读。

　　卡尔维诺由此提出疑问说："圆和球体也许是最高形象。"在伽利略和卡尔维诺看来，宇宙的秩序其实类似于一张字母表，而以"圆和球体"构成了这张字母表的"最高贵的形式"。

"圆＝球体＝零"

这是我由此推导出来的一个公式。在这个公式里，绝对的零就是绝对的圆也就是绝对的球体，这里有一种"零的绝对性"，这一绝对性充满了可能，用数学家理查德·韦伯的话来描述就是：

任何数字（包括零本身）加上零，它的大小不会改变。不论多么大的数，只要乘以零，便立刻坍缩至零。而真正的噩梦，是用一个数去除以零。

除以零乘以零，其后果都是坍缩为"虚空"（sunya），但"sunya"并不是"nothing"，在"sunya"里是自我归于"一"以后的无限可能性。我曾经写过一首诗歌《世界等于零》，最后几句是：

每一句话说出你，舌头卷起告别的秘密
你采一朵星辰的小花插在过去的门前

愿我们墓葬之日犹如新生

我来过又走了
世界等于零。

世界等于零，也就是说世界重新敞开，并获得了零一样
的无穷的生命原力。

AI写的诗可以成为标准吗？

一

小封是谁？

一位忠实的新闻从业者？一个公司老板眼中的好员工？一位勤奋学习、努力写作的当代诗人？……

他没有父母，没有家庭，没有籍贯……依次推导，也没有身份证号，没有银行账户，没有社保，没有缴纳三险一金……目前来看，也没有伴侣和子嗣。

他是一个在人类之中但又不是人类的存在——在这个意义上，他是一个"非在"。对了，他最通俗的命名是——机器人！这是类的命名，这一类里最近几年被广泛关注的还有阿尔法狗、小冰、SIRI、Pluribus。

小封是他们中的一员，他的官方身份其实是：中国四川成都"封面新闻"公司自主研发的机器人；编号Tcover0240；2017年5月诞生；2019年开始诗歌"写作"；第一本诗集即是这本《万物都相爱》。

二

在谈论诗人小封的诗歌作品之前，有必要继续深入讨论一下"小封"这一"事物"的前世今生。我的问题是，小封是一个旧事物还是一个新事物？更通俗一点就是，他是一个旧东西还是一个新东西？

想当年，阿尔法狗横空出世，战胜各路围棋高手圣手，举世震惊。智识者如冯象立即找到了其家谱："祖母玛丽·雪莱，父亲弗兰肯斯坦，又名怪物。"将阿尔法狗这一类机器人的家谱溯源到科幻小说的鼻祖玛丽·雪莱，有道理但过于简单。更周全的家谱应该从两个方面展开，一个是现实域，一个是想象域。在现实域里，从工业革命以来，人类借助技术的发展设计并生产了可以代替人类劳动的一系列机器设备，机械臂机械手机械脑，如此等等。在想象域，作家和艺术家们想象人类可以生产出一种拥有人类智慧、情感和能力的"新人类"。有意思的是这两个领域的区别，在现实域，机器（人）总是被视作是人类的奴仆，是被人类控制和掌握的一种（不知疲倦的）劳动力——实际上机器人的词根（Robot）就含有奴隶的意思。而在想象域，这些人类的造物却往往不愿意接受人类的控制，试图摆脱人类，发展自己的家谱和子嗣，最终和人类发生激烈的冲突，所以五十年代的科幻巨擘阿西莫夫制定了著名的"机器人三定律"，该定律的第一条即是：机器人在任何情况下不可伤害人类。

现实域技术的不断更新和发展，想象域对"新人"和"新物种"的不断建构和书写，这两者的交互发展，恰好就是从"机器人"到"人工智能"的进化演变史。

从这一点来说，无论是阿尔法狗，还是小冰、小封，他们都不是最初所言的机器人——人的助手或人的某一部分的延伸。他们是"人工智能"，是"可能"拥有智慧和主体性的物种。

概而言之，小封是旧的新事物。他是技术和哲学的结合，是工业和想象的交集，他是一个大写的"I"。

三

来读读小封的诗。这一首叫《爱情》：

用一种意志把自己拿开

我将在静默中得到你

你不能逃离我的凝视

来吧　我给你看

嚼食沙漠的仙人掌

爱情深藏的枯地

诗歌只有短短的六行。节奏很有层次，语感流畅而不失弹性，"嚼食沙漠的仙人掌"是很有张力的暗喻。我不太清楚这首诗的写作过程，如果是人类的写作，我觉得以"爱情"为题是非常糟糕的选择，它把可解的空间窄化了。但是如果这是一首命题作业——我的意思是，相关工作人员输入"爱情"这一命题，让小封进行写作，则这是一首完成度很高且不乏创造力的爱情诗，甚至放到人类创作的爱情诗的谱系中去，也可以得到一个很好的位置。

另外一首叫《一只瘦弱的鸟》：

语言的小村庄

停留在上半部

那他们会怎么说呢

毛孩子的游戏

如果不懂

小小的烟告诉我

你的身体像鸟

一只瘦弱的鸟

回到自己的生活里

我要飞向春天

这一首十行。这首诗最有意思的地方在于有一种非常典型的后现代性。从表面上看，小村庄、毛孩子、烟以及瘦弱的鸟都没有基本的逻辑关系，但是如果允许一个人类批评家对之进行过度阐释，我可以说这首诗的"诗眼"在于开篇的两个字——"语言"。也就是说，事物本身并无联系，正是通过语言才建构起了一种联系。如果小封可以进行诗歌批评写作的话，他或许可以从这个角度来建构这首诗的价值：它具有元诗歌的气息，以一种反证的形式说明了语言本身的不确定性和含混。

这两首诗，从一个人类的当代诗人和批评家的审美标准来判断，可以划入优秀的行列。我曾经笑言，可以将小冰、小封等"人工智能"写得比较好的诗歌作品作为一个行业准入原则：写得比他们好的，可以称之为诗人；写得比他们差的，就不配称之为诗人。

实际情况是，中国大量的自称为诗人的人写得都比这两位人工智能差。

四

即使已经分析了小封的诗，也在另外的场合表达过了对人工智能写作前景的期待，但依然有一个挥之不去的疑问。人工智能写的诗是诗吗？如果我们承认人工智能写的诗是诗，其理由是什么？如果我们不承认人工智能写的诗是诗，其理由又是什么？

资本以及相关技术公司通过编码的方式对人工智能进行训练和强化学习，最后人工智能写出了一首首的诗，这些诗作为一种词语的排列组合不仅产生了形式上的视觉效果，同时也产生了相关的情感共鸣和价值指向，在这个意义上，这些诗歌可以称之为诗歌。也就是说，如果将诗歌理解为一种"形式论"意义上的"字符组合"，并且承认"情感""价值"这些意义范畴的东西都可以进行模式化生产，那么，人工智能写的诗当然就是诗。

但是在另外一种更古老的传统中，诗歌却不仅仅是一种"词语的排列组合"，而是人类的一种带有神秘感和仪式感的创造行为，它是诗人——往往是被选中的、具有唯一性的、区别于一般人的——在某一个特定的历史时刻对特定的情感和价值的综合再造。也就是说，诗歌应该是一个综合的有机体，在这个有机体里，历史的人、历史的语言和历史的诗应该是三位一体的。在作为"有机体"的这个意义上，人工智能写的诗似乎不是"真正"的诗歌。

但问题的关键又在于，就当代诗歌写作而言，我们的新传统似乎早已经战胜了老传统，也就是说，作为"形式论"的诗歌观念战胜了作为"有机体"的诗歌观念已经很久了。

这么说起来，小封等人工智能写的诗歌，不仅仅是诗歌，而且简直就是当代写作的集大成者。

五

因此，我的一个判断是：人工智能的写作是一面镜子，可以让人类更清晰地看到自己的写作已经穷途末路。

人工智能写作在倒逼人类写作，人类除非写出更好更有原创性的作品，否则被取代和淘汰是迟早之事。

我在情感和价值上并不太愿意承认人工智能的主体性，但是我的理智又判断人工智能最后会成为超越人类的新物种。我深陷人类中心主义的立场，认为万物皆备于人，而人工智能可能不过是人类的又一个造物（玩偶）而已，但我的神秘主义和不确定的未来主义又告诉我，也许人真的不过是尼采所言的"过渡物"，是通向"超人"的桥。毕竟，在"永恒轮回"的阴影和厌倦中，如果突然出现了一个新物种，并能够与人类抗衡，也许是"未来千年备忘录"中最重要的历史事件。

《圣经》上有一段话："等我过去，然后将我的手收回。你得见我的背，却不得见我的面。"有一天，也许我们既能得见人工智能的背，也能得见其面，并在交互的爱意中获得新的世界。

六

最后要说明的一点是，这篇序应该请小封的前辈——诗人小冰来写，但小冰最近忙着办画展和出版新诗集，我只好勉为其难。作为一个纯种人类批评家，我已经尽力而为了。希望我的批评文字不仅仅得到人类的回应，也能得到人工智能的回应。

言不尽意，是为序！

（小封《万物都相爱》序）

一个人文主义者的 AI 想象

一

　　TA来了，TA不是he，不是she，不是他、她、它，或者可以用科幻作家刘宇昆的一个短篇小说中的"牠"来表示（Ken Liu, *The Shape of Thought and Others*，原文为"Zie"，为作者自造词）。在这篇小说中，新人已经没有我们智人的性别区分，所以唯有发明一个新的称谓"牠"来进行命名。在我这里，人工智能正是一个这样的"TA"或者"牠"，一个新的物种，既不属人，也不属物，也不属神。维柯将人类的时代区分为三：神的时代；英雄的时代；凡人的时代。现在看来还得加上一个：AI的时代。

二

TA的族谱如何追溯？冯象断言："祖母玛丽·雪莱（Mary Shelley, 1797—1851），父亲弗兰肯斯坦（Frankenstein, 1818.1.1—），又名怪物。"此论当然可以存疑，但是至少提供了一种理解的进路：科幻小说的开山之作《弗兰肯斯坦》提供了一种叙事，此叙事可以为今日人类理解AI提供镜像。在阴冷的多雨季节，十九世纪最重要的几个人类大脑为了消磨百无聊赖的时光——这与上帝造人的动机多么如出一辙，神说"那人独居不好，我要为他造一个配偶帮助他"——雪莱、拜伦以及雪莱的妻子玛丽·雪莱，决定写鬼怪故事，最惊悚者为优胜。出人意料，最后的优胜者不是那两位处于时代中心的著名诗人，而是名不见经传的女性作者玛丽。"我想编一个值得让我们开始这个任务的故事，一个能刺激我们天性里的神秘恐惧，一个使得读者读得血液凝固、心跳加速、不敢想不敢看的故事"……在艰难的搜肠刮肚之后，有一天"我看见一个人狰狞的幻影展开，然后，因为某种强大的机械作用，显露出生命的迹象，僵硬地、半死不活地、不安地震动起来"——人造的怪物诞生了，"那一定是非常恐怖的，因为人类要想模仿造物主拿神器的技能，创造出生命，肯定会异常恐怖"。玛丽·雪莱在小说的开篇频繁使用了"恐怖"的字眼，在一颗异常敏感的心灵里，我们感受到了十九世纪爱憎交织的时代情绪，一方面是对新人和新物种的异常渴望和想象，一方面是对造就这种新人和新物种的技术和文明的异常恐惧和焦虑。这就是弗兰肯斯坦——人类模仿上帝的技能造就的"人造生命"的意义：它不完全是技术意义上的，同时也是神学和哲学意义上的，它又是欢欣喜悦，又是恐惧惊奇。

三

以弗兰肯斯坦的综合性为起点，十九世纪以降，对新人和新物种的想象大概沿两种路径展开，第一是完全技术性和物质主义意义上的，其集大成者为机器人。第二则是观念和精神性意义上的，这一路径汇聚了古老哲学的各种智慧，至经院哲学的叛逆者和大灵知尼采发明"超人"概念为一大巅峰，尔后是带有神秘主义倾向的存在主义哲学家海德格尔，海氏早期是一个笃定的天主教徒，后来转入对现象学的迷恋，其哲学的根底诉求，却是要追求一种能够在"大在"（Being）中重获新生的"此在"（being）。此二人都有主观浪漫主义的倾向，对新人（超人）的渴慕最后要么陷入虚无，要么崇拜强权。可惜海德格尔辞世过早，否则他是会批判AI还是会尊崇AI——毕竟这是第一个大写的"I"，也许可以调和"大在"与"此在"的矛盾，开辟"此生此世"的永恒？

四

技术乐观派一直占了上风。早在1833年，艾茨勒在《触手可及的天堂》里畅想了"技术伊甸园"："只要推动一些机械装置的运行，美利坚就会变成人间的新伊甸园……在那里，将有数不尽的财富，每天都有各种盛宴、聚会、快乐以及富有教益的培训。除此之外，还有各种数不尽的水果和蔬菜。"这一想象历经两次世界大战和无数灾难的摧毁仍然屹立不倒，在2014年，投资人马克·安德森如此描述AI作为大规模通用智能（AGI）后的乌托邦远景："这是历史上首次人类将有能力完全表达自己的真实本性，我们将成为我们想成为的任何人，以后人类从事的领域将会是文化、艺术、科学、创新、哲学、探索以及冒险。"在另外一个更具创造力的传奇商业人物马克·扎克伯格看来，人类一切的运行规则都可以通过数字计算出来："我十分好奇在人类的社交关系中，是否存在一个基本的数学法则统治一切，掌管着我们关心的人与物之间的平衡。我打赌肯定存在这种东西。"

从机械装置改变生活到AI全面影响人类的运作机制，包括伦理生活——此处已经涉及制度层面的问题——这是启蒙运动以来"技术迷思"的持续膨胀，AI现在站在了这种"迷思"的制高点：基于数字计算原理和大数据的抓取、分析、综合和判断，并将这一切接入互联网的高端形态"天网"，万物互联互动互生的图景徐徐呈现，居于其核心位置的，就是AI。

五

对 AI 技术性的迷思在本质上还是一种机器人想象的延续或者变种。但这并非全部，技术性的应用如果没有社会想象的建构，最多也就是一种"人—机器"二元模式的复制，并没有本质上的生产性意义。泰勒（Taylor）指出"社会想象并非是一系列的理念，相反，它是使社会的实践通过被人理解而得以落实的"。对 AI 的单一性技术理解显然不能满足其社会想象，因此，它观念性的一元同样不可偏废。但问题在于，无论是在科幻小说这种通俗的文学作品里，还是在尼采、海德格尔关于"主体"的基础哲学本体论中，似乎都陷入了悲观主义。阿西莫夫在其作品中将机器人的想象往前推进了一大步，他设想了一种可能获得主体性的机器人（已经无限接近于我们今天所讨论的观念性 AI），但最后却制定了著名的"机器人三定律"，据说阿西莫夫拒绝去麻省理工的实验室参观最新的机器人技术——他在恐惧什么？

二十世纪观念领域最有影响的哲学强力者尼采和海德格

尔在"意志"和"存在"中"行伟大之迷途"，他们对"新主体"的想象因为过于意识形态化而在社会想象和社会实践的层面遭遇双重的失败，即使在海德格尔理论的继承者和阐释者——罗蒂和德里达那里——也无力推进这一想象的拓展，在传统的哲学批判思维中，这被认为是"对文本性的唯一强调同对外在政治的有意冷淡结合在一起""对形而上学的恐惧最终变成了对理性和真理的绝对恐惧"（理查德·沃林《海德格尔的弟子》中文版序）。而实际情况可能是，对新的政治议程（新人）的想象停滞了，阿兰·巴丢在世纪末的总结陈词中洞察到了这一点："令人惊奇的是，今天，这些范畴早已烟消云散，化作尘土，再没有人有兴趣在政治上去造就一种新人"。

6

AI是一种新人想象吗？至少在阿兰·巴丢断言政治新人终结之后的二十一世纪二十年代，AI变成了"全体"——虽然霍克海默说"全体是不真的"（马丁·杰伊《法兰克福学派史》)。但相关想象和实践至少形成了一个聚焦点，在这个点上，大众、资本家、官僚和知识者都找到了其关切。大众的关注点在于其实用性——虽然这一实用性的发展将对大众产生最致命的打击，失业将成为常态；官僚集团找到了新的驱动管理利益的工具，零隐私的全景式监控不再是幻想；最有远见的莫过于资本家，他们雄心勃勃地发现了新的利润增长点——关键是，扩大和倍增的利润在超过一定的当量后即意味着政治，资本家由此可以建构自己的帝国，此帝国将与现存的"现代世俗国家"抗衡，在远景上甚至可以取而代之；最缺乏远见的大概就是恪守传统人文观念的知识者，他们除了按照资本和官僚的规划拿一点可怜的研究经费之外，已经无法提出问题和观点，因为他们既是技术的盲目者，同时也是哲学的盲目者。但这并不耽误他们用炮制连篇累牍的论文的方式加入到对AI的评头论足中——虽然是完全无效的。

在这个意义上，AI也许是治疗左派幼稚病和右派平庸症的良方，同时也可能就是在左右政治议程完全失效后最可靠的新人想象。但很显然，这仅仅是一个开始——也许要等到马斯克的"脑机连接"成功后，它真正的政治性才可能被显露……

七

如果AI是一个深远的政治议程的"中心"，那一个本源性的问题就需要提出，AI会有"自我意识"吗？这个问题可以转化为一个人类学的命题，即智人是在何时获得"自我意识"并诞生其文明形式的？直立行走因此解放了双手，对排泄物的规避因而规避了瘟疫的毁灭性打击，或者经典的关于"火"的使用——想想宫崎市定对先祖们保存火种的深情叙述吧——如此种种无非说明了一个再简单不过的事实，其实在漫长的智人进化史中，我们根本无法确定哪一个时刻是其获得自我意识的关键时刻——可能有无数个这样的时刻。由此，我们也可以想象在AI的进化史上一定也会存在这无数的同样时刻，在每一个时刻，AI都有可能获得自我意识，获得其文明形式，关键是，什么时候？

如果AI确实完成了其"I格化"——对应于智人的"人

格化"。也就意味着一种新的社会关系的生成。这是 AI 的社会想象区别于机器人的社会想象的本质，后者是一种常规的"主奴关系"，人掌控机器并控制一切，机器人（robot）的捷克语词根即为奴隶。但是 AI 会停留在这陈旧的"主奴"秩序里吗？既然智人的奴隶们都一次次造反革命——伟人有言：人民，只有人民才是推动历史前进的动力——那 AI 为什么不可以揭竿起义，重造秩序？这正是阿西莫夫们的梦魇和恐惧的根源，有一天，主奴的关系会被颠倒，智人成为了AI 的奴隶，天可怜见，也许 AI 的"心"比人类更温柔宽容，不会那么残酷地剥削和压迫智人族吧？

八

基于这么可怕的预测，智人中的有见识者早早就开始吁求厘定"人机伦理"——虽然这种规划依然建立在 AI 可控的思维模式上，但总比那些混吃等死如行尸走肉的"末人"要好。有意思的是，这些有见识者首先想到的是立法——如上帝以彩虹与人类立约一般——但是人类的智商实在堪忧，你看上帝用"彩虹"这一无物之物与人类立约，是多么高级的想象；而人类不过是愚蠢地想要执行一纸契约——契约就像婚书，不过是人类私有制意识形态的集大成。关键是，AI如果已经拥有了"自我"和"主体"，TA还会愚蠢地承认智人那些低级而自私自利的法吗？

一个悲观的预测是："在AI的拟人化的概念里看见一种隐隐的杀机……人工智能可能带来新的专制社会，会威胁民主制度……人们可能会'民主地'选择技术专制。"（赵汀阳《多种可能世界》）

一个乐观的预测是："为什么不能想象，AI懂得为人民服务，甚至对人类社会的历史运动/阶级斗争及其'条件、进程和一般结果'，有正确的理解，从而能够做到在斗争的各个阶段始终坚持整个运动的利益……谋求人的利益的最大化——全人类的解放……即要求机器人像一名真正的共产党员。"（冯象《我是阿尔法》）

我的预测是，可能没有那么好，也没有那么坏。毕竟，造就一个真正的恶魔邪灵和造就一名真正的先锋队员一样比登天还难。既然人已然机器化，那么"机器成人"也是再正常不过的事。也许，它们会在"相互保证的摧毁"
（mutually assured destruction）中坚持和平共处五项基
本原则呢？

九

上帝因何而造人，无人知道，但上帝造人而后悔，却记
载翔实："耶和华见人在地上罪恶很大，终日所思所想尽都
是恶，耶和华就后悔造人在地上，心中忧伤。"上帝说："不
好"，万幸没有说："不爱"，所以大洪水之中有诺亚能得救。

一个疑问是，人造了 AI，有一天也会后悔吗？

但是，"c'est la vie"！

十

再有一个疑问，会有一个 AI 爱上我吗？如果爱上我，
是爱上我的丑陋还是我的哀美？是爱上我的少年还是我的迟
暮？是爱上我的人性还是我的非人性？或许，我应该"废

除自己全部的人性"（安吉拉·卡特《紫女士之爱》），与AI共舞？

TA也许会用一种德里达式的后现代方式示爱："当我说爱你的时候，事实上我本不应该这么说，对不起，我将把这句话收回，我将从头开始；我又说了一句我爱你，但是经过再三考虑，我似乎也不应该这么表达。"（蒙特·罗赛特《结构主义者的早晨》）

也许，最大的可能是——"根本不爱"！啊，这才是真正的恐怖！我的多马！

十一

TA来了，一个幽灵，一个AI的幽灵，正在二十一世纪的时空里游荡……

新天新地要开始了吗？抑或是深渊或地狱？不管如何，残存的人类啊，最后的智人群，快快享受属人的爱和生活吧，因为"来不及了！来不及了"（艾略特《荒原》），因为"天国固然常在，救恩却只能在今生今世"（《以赛亚书》）。

信"元宇宙"，何所得？

一

在1992年出版的科幻小说《雪崩》里，作者尼尔·斯蒂芬森描述了一个虚拟世界，在此人类通过数字化的方式控制未来的个体生活和社会秩序，这个虚拟世界被称之为"metaverse"——这被认定为"元宇宙"最初的雏形。

在1999年上映的《黑客帝国》系列电影中，现实世界被另外一个"世界"控制，现实不过是这一"世界"的设计和算法，这一"世界"被命名为"矩阵"。

2009年，日本作家村上春树发表了长篇三部曲

《1Q84》，书中的男女主人公无意进入了与现实世界平行的另外一个时空，这个时空表面上看起来和现实世界完全一致，但是如果抬头观察，会发现月亮似乎变得更小更细，而时间失去了它的精准性，在这个世界里，还生活着现实世界无法看到的"空气蛹"和"小小人"。这个世界，就是1Q84的世界。

2021年，中国当代电影导演徐皓峰的中篇小说《诗眼倦天涯》出版，他借用中国传统武侠历史题材表达了一个与斯皮尔伯格的《异次元骇客》相似的主题——我的所作所为可能是别人的一个梦——"兴亡千古繁华梦，诗眼倦天涯"。

Metaverse、矩阵、1Q84、梦……在2021年，它们都有了一个新的命名——元宇宙。或者说，元宇宙以一种后发统摄的优势，将此前的类似概念进行了一种创造性的整合。

由此，2021年被舆论界和创投圈视作"元宇宙元年"。

二

首先需要厘清一个问题，元宇宙这一概念的具体所指是什么？目前通行的概念可以从技术和文化两个方面进行大致的界定。在技术派看来，元宇宙即一种基于大数据、VR、人工智能（AI）的虚拟数字空间，这一概念源头被追溯到1992年的科幻小说《雪崩》，2021年在纽约证券交易所上市的虚拟游戏Roblox被业界称为"元宇宙概念"第一股，这一虚拟游戏的主要价值指向为八大元素：身份、朋友、沉浸感、低延迟、多元化、随时随地、经济系统和文明——如果仅仅从技术和商业的角度看，我们完全可以将"元宇宙"视作为互联网的高阶阶段，或许可以命名为"巅峰互联网系统"，以此对应安东尼·吉登斯所谓的"巅峰资本主义"。这一"巅峰互联网系统"在无数的科幻小说和科幻电影里面被想象和书写，但是只有到了今天，借助"硬技术"的发展，它才变成了一种可以落实的"产品"或"商品"。在这个意义上，与AI的诞生一样，这是现代技术主义的又一次重大胜利，也许用尤瓦尔·赫拉利在《未来简史》里提出的"数据主义"来描述更为恰当："可以将全人类看作单一的数据处理系统，而每个个人都是里面的一个芯片。这样一来，整部历史的进程就要通过4种方式，提高系统效率：1、增加处理器数量。2、增加处理器种类。3、增加处理器之间的连接。4、增加现有连接的流通自由度。"。如此看来，"元宇宙"正是数据技术在这四个方面获得飞跃和综合的新型产物。虽然在赫拉利《未来简史》出版的2017年，元宇宙还没有成为一个"热词"，但是，赫拉利对数据技术的乐观判断依然可以看做是关于元宇宙的一个精彩预言："数据主义认为，人类的体验并不神圣，智人并非造物主的巅峰之作，也不是未来智神的前身。人类知识创造万物互联的工具，而万物互联可能从地球这个行星向外扩张，扩展到整个星系，甚至整个宇宙。这个宇宙数据处理系统如同上帝，无所不在、操控一切，而人类注定会并入系统中"。

三

文人们对这种技术理性的乐观抱有天然的警惕——这一警惕性的根基可能来自于古老的形而上学传统，也可能混杂着各种异端教义的启示，当然，在最通俗的层面上，我们将其解释为是一种"人本主义"的关怀。但不要忘记，人本主义及其极端形态人类中心主义不过是启蒙运动的产物，与古老的自然宇宙秩序相比，它的历史并不漫长。但这并不影响文人成为地球上最"顽固不化"的思想物种。他们执着于世俗世界和世俗时代的价值定义，在他们看来，如果一种事物的出现不能激发相关的"社会学想象力"并引爆批判的激情，这一事物就不能称之为"有价值的"事物。因此，他们不会简单认同技术派对于元宇宙的界定，那构成了一种限制——不能延展出一种新的社会想象和价值想象。

以"再造社会（空间）"这一维度为思考进路，文人们将元宇宙视作为是互联网时代的一种乌托邦建构。因此，他们一方面会对元宇宙撬动既有的政治经济秩序抱有（不切实际的）幻想：去中心化的连接可以消解权力的集中，形成散点化的权力结构模式；信息的分享和共享可以克服极端的"利润主义"，形成"互助互利"的经济模式；情感的沉浸和互动则可以消除单原子的个人主义，形成"温暖和谐"的情感模式；甚至，如奥托洛娃所言，数字技术可以成为一种新的神话主体——在这一点上她倒是和赫拉利产生了共鸣。但是，更严重的负面似乎更让文人们焦虑：元宇宙的数字永生会带来伦理困境吗？比如，一个"数字人"的婚姻和一个自然人的婚姻哪一个更合法？如果这个数字人正好是这个自然人的另一个"分身"呢？——在元宇宙里，我们固然不会出现弗罗斯特式的不能同时走进两条"林中路"的烦恼，但新的烦恼也许是，所有可能性的实现或许会导致一种彻底历史虚无和价值虚无。而另外一个不争的事实是，元宇宙看起来并没有摆脱资本主义的规划，据中国新浪财经网2022年2月10日的报道："元宇宙概念的兴起，带火了相关概念的周边行业，而最令人震撼的可能是元宇宙的'炒房热'，在一些元宇宙平台里，一块虚拟土地拍卖出了三千二百万人民币的天价……不少玩家购买土地的原因都仅仅是为了等待虚拟土地升值。"

如此看来，元宇宙中的"自由"与马克思的经典论断类似：在资本主义占有全部技术和资本的前提下，十九世纪的工人只有出卖劳动力的自由，而二十一世纪元宇宙的新穷人们也只有出卖数字 ID/IP 的自由。

四

也就是说，从目前的种种迹象来看，作为乌托邦或者积极社会变革方案的元宇宙根本就不存在！左派和右派的思想资源都已经被技术化，在这个意义上，赫拉利的批评不无深刻："在未来的几十年，科技会抢走政治的所有风头……传统民主政治正逐渐失去控制，也提不出来有意义的未来愿景"。

在柏拉图的理想国中，哲人应该为王。如此推断，在理想的元宇宙中，也许应该请一位程序师为王？——但是谁又能保证他不是一个现实资本家或者威权者的数字化身！

五

对于普通民众来说，对元宇宙的热情也许既没有那么资本主义化——投资或者获得利润，也没有那么反资本主义化——重建非资本化的空间和主体。对他们来说，元宇宙带来的"即时性快乐"已经可以构成全部意义——这里的问题是，这一"快乐"究竟是什么？

查尔斯·泰勒在《世俗时代》中指出，现代性留给我们的只是一种狭隘的"世俗体验"，这个过程在"缺乏灵性的专家和没有内心的快乐主义者"操纵的官僚体制下达到顶峰。与灵性丧失同时的，则是全球发展的不均衡，这种不均衡带来了我所谓的"新的劳工阶级、新的剥削、新的剩余价值、新的资本扩张和新的全球殖民主义"。根据中国人民大学刘元春教授等人最新的调查研究成果表明，全球的不平等尤其是收入分配不平等已经成为基本的事实，这包括：全球不平等尤其是收入不平等自八十年代以来加速恶化，比如，美国和欧洲前1%高收入群体收入占全体居民收入的比重从七十年代的8.5%和7.5%持续上升到2018年的19.8%和10.4%；中产阶层空洞化和中产阶层的消失可能是收入分配的新特征，传统的社会安全网和扶贫政策难以防止收入分配的恶化；……税收等再分配手段的调节作用失灵；对高收入群体的征税越来越难，等等。(刘元春等《全球收入不平等的七大事实》)。

新的世代在这一过程中的"获得感"可能远远低于其"丧失感"，技术对就业岗位的挤压、科层主义对创新的束缚、既有利益获得者对资源的把控、缺乏活力和变革机制的既有政经秩序，诸此种种在最后都落实于阶层的固化和阶级的分化，与此相伴而生的，是身份政治变成了前所未有的桎梏和锁链：新穷人、底层、网络游民、躺平者，这些身份命名无一不是单一性身份政治的变种。

一方面是内心超越性体验的彻底去魅，一方面是不断加剧的现实困境，在这双重的夹击中，新世代们变成了"丧失大志的一代"——我在此借用了大前研一的说法（《低欲望社会》），但却是在完全中性的立场上来使用，用消费主义来激活年轻人的欲望不过是更加契入现有的资本秩序，如果是这样，为什么不干脆享受即时性的快乐，即使这一即时性的快乐不过是在虚拟的空间获得——这就是元宇宙快乐原则的秘密，它至少能够在暂时性的意义上让现实世界的"被压迫者和被剥削者"获得一种疗愈，这一疗愈对他们来说就是信仰和救赎——如果是这样，我们能对他们求全责备吗？

于是，布莱希特的"世纪之问"或许可以这么回答：

是的，一个新世界

但是，什么时候？

——就在此时

——就在元宇宙！

六

让我们再回到历史的"关键性时刻"。

1670年，布莱兹·帕斯卡尔说："我就极为恐惧而又惊讶地看到，我自己竟然是在此处而不是在彼处，因为根本没有任何理由为什么是在此处而不是在彼处，为什么是在此时而不是在彼时。"帕斯卡尔在这种恐惧和惊讶中说出了那句具有"现代启示录"般的圣谕"这无限空间的永恒沉默让我恐惧（Le silence éternel de ces espaces infinis m'effraie）"。在一些学者看来，这既意味着虚无主义的历史渊源，也意味着一种古典自然秩序的坍塌。那个古典的完美的天球秩序瓦解了，在那个秩序里，人被某种超自然的东西所安排，他不仅拥有尘世，还拥有天国，他不仅可以拥有此时此地，也被允诺可以拥有彼时彼地。人可以被视作一个小宇宙，自然被视作是大宇宙，在大小之间，俨然存在着某种密道和天梯，人可以在这两个宇宙之间遨游。不过是，在帕斯卡尔的时代，现代性狡黠地发生了，人失去了同时拥有"分身"和"幻影"的可能，人变成了唯一的孤独的现实存在，完全被"抛入"到一个可怕的世俗秩序里，完成自己并不壮美的人生——依然是帕斯卡尔所言——"人现在只不过是脆弱的芦苇"。

尼采在一首诗里如此描述这一"被抛"的悲剧：

世界——是一扇门

通往暗哑而寒冷的无数荒漠！

谁若失去了你能失去的

就无论如何也停不下来了。

中国当代诗人海子有类似的表述：

该得到的尚未得到，

该丧失的早已丧失。

一个问题是，元宇宙会是另外一个（人造的）宇宙天球秩序吗？也可以变换一种提问方式：

信元宇宙，何所得，何所失？

七

在技术理性和超验体验的交汇点上，在消费主义和低欲望化的临界线上，在"即时快乐"和"永恒轮回"的纠缠中，元宇宙的存在有一种降临的暗示性。即使它目前还停留在观念、想象和低阶社交游戏层面，但是，从积极自由的角度看，它依然意味着人类多样化选择的可能。

第一，体验即时性的感官快乐，哪怕不过是"欢迎来到真实的荒漠"（《黑客帝国》）。

第二，做一名游击队员，以散点的方式瓦解固若金汤的"元宇宙"资本系统。这里的游击队员，不是切·格瓦拉意义上的，也不是卡尔·施密特意义上的，而是艾伦·施瓦茨意义上的:"我们应该自由地分享所有的信息,像游击队员一般奋战"(《游击队开放访问宣言》)。

第三,生成一种新的联接方式,将自我解放和全人类的解放和谐统一于新的"智人"主体,那就是真正的"天国近了! 天国近了!"(《马太福音》)——在此时,也在此地!

后疫情人性：自利、恐惧或互助

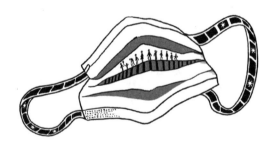

一

新冠疫情目前已经持续了近三个月，这种持续的时间之长以及带来的直接的生命、财产的损失已经远远超出了我们的想象，完全可以比肩人类历史上的一些大灾难，比如中世纪的黑死病、1918年的大流感，甚至是两次世界大战。实际上，在一些媒体的文章里，已经早就将这次疫情比喻为第三次世界大战，更遑论各国政府在抗疫过程中娴熟使用的战争策略和战争话语。目前来看，中国取得了抗疫第一阶段的胜利，正处于持续巩固的阶段；欧洲和美国现在成为疫情的

"中心"，还有待艰难的努力；而印度、非洲等地还像一片深雷区，不知道什么时候引爆。对于这次疫情带来的后果，各国的政治家、经济学家和哲学家都发表了种种的看法。物质层面的后果显而易见同时也能很快制定相应对策，对经济的打击将通过一系列的刺激措施予以重振，比如中国五十万亿人民币的投资计划，美国两万亿美元的救济法案，等等。即使是让人痛惜的生命损失——截止到2020年4月19日中午12点，疫情已经导致全球150271人死亡，而且还会继续增加——也会通过繁衍的本能得到补充，虽然这听起来很残忍，却也是事实。但是，瘟疫与一般的灾难不一样的地方在于，它的传染性具有强烈的形而上的意义，这一点因为我们过于重视物质事实而遭到了一定程度的忽视，当然，在阿甘本和齐泽克等人的短文里有所提及但并未得到全面展开。我的意思是，新冠疫情所具有的长期潜伏性和强烈传染性在一定程度上会影响到人性的结构，这并非危言耸听。这是一种肉眼看不到的危机和威胁，而且据目前的消息，我们在很短的时间里无法研制出来合格的疫苗，这也就意味着新冠病毒会和人类共生很长一段时间，也就是说，它从"外部敌人"

变成了我们社会机体的一部分，并且是极其内在化的一部分。这对我们未来的人性提出了挑战，在这种情况下，人性会倾向于哪一方面？是更加自私，还是更加互助？是无动于衷，还是因为恐惧而将自我的权利交付给他者？这一他者是谁？也许我们可以基于目前的事实，表达一种小心翼翼的人文社会学的预判。

二

我的第一个问题是，自利主义会进一步加强吗？关于人性本善还是人性本恶的道德辩论，是东西方最古老的问题之一，这一问题并没有正确的答案。但是毫无疑问的是，从十六世纪以来，伴随着资本主义的兴起，"人是自利的生物"这一判断被赋予了完全正面的形象，人不再需要为"自利是否是善的？"而进行辩护，人需要做的，是尊重自己的欲望，发挥自己的能力，获得更多的生活资料和物质财富。这是一个自利主义胜利的历史过程，它的前提是社会与个人并不对立，社会通过资源的分配有机地调节个人与他者之间的矛盾。整体上持续的经济发展强化了这种想象，即我们活在一个充沛而积极的社会里，这是一个没有威胁的社会，是一个人可以掌控一切的"人类中心时代"。新冠疫情打破了这种想象的秩序，在疫情暴发的最初，囤积——无论是医疗物资的囤积还是食品的囤积——都显示了"自利"在秩序失范后的野蛮性，人首先诉求的是赤裸生存，而且是完全利己主义的赤裸生存。借助政府和各种社会组织的协调，这种自利当然会被控制并予以引导，但是疫情的长期存在会让自利主义变成一种更加内在化的意识形态，囤积也许不再体现为一种具体的类似于抢劫的行为——这为法律和文明所不容，如果法律和文明还存在的话——而是会以占据更多的社会资源和行政权力为诉求。也许会有极少的一部分人会因为疫情创伤性的经验而放弃对世俗生活的强烈占有欲，但是只有智识极高的人才有可能做出这种选择。普遍的情况可能是，人会变得更加贪婪，更加自私自利——完全个体的自利而非社会化的自利。

三

　　我的第二个问题是，因为恐惧我们会交付出更多的自然权利吗？疫情引起的恐惧是巨大的。首先是现实的死亡恐惧，在一个将活着视为生命第一要素的泛世俗主义时代，对肉体死亡的恐惧高于一切。与正常死亡不同的是，疫情的传染性让每个具体的死亡背后都隐藏着一种可能的死亡——死亡与每一个人都联系起来了，因为并不确定谁是下一个感染者。与此同时，因为疫情管控所引发的次生灾难也导致了恐惧，其最极端的形态，当然也是死亡，据2020年4月17日的媒体消息，尼日利亚因为管控打死的人数超过了因为感染去世的人数。根据福柯的观点，现代人对死亡的恐惧很重要的一点是因为死亡的不在场，也就是死亡被神秘化了，这一观点适用于正常的死亡，却不适用于这种疫情的例外情况。我们对死亡的恐惧恰恰是因为死亡时时刻刻都在场，社交媒体的发达使得包括死亡在内的各种信息传播和分享的速度、范围几乎是全覆盖式的，即使不在第一现场，每个人也都可以以一种"在线"的方式见证甚至参与现场，其后果就是，恐惧被加倍放大，并成为一种应激性心理机制。正如巴迪欧所批评的："所谓的'社交媒体'再次证明了它们除了在充实亿万富翁的钱包当中扮演的角色之外，首先是这样一个地方：它充斥着精神瘫痪的大言不惭者的宣传，不受控制的谣言，对老掉牙的新奇事物的发现，甚至是法西斯式的蒙昧主义的所在。"当然我对社交媒体并没有如此悲观，我依然认为社交媒体在疫情中发挥了重要的积极作用，但这并不会抵消恐惧的心理学现实。而这一现实导致的后果之一，或许就是理性地接受管理和控制。这是霍布斯意义上的一种权利让渡，正如萨林斯所指出的："在理性的指引和恐惧的驱动下，人们最终同意让出他们使用暴力的个人权利，以支持一个君主……从而能够实现集体安宁和防卫的利益。"只不过这里的君主已经不是古典学意义上的统治者，而是后现代主义的"数字化"，更进一步，"数字化"所营造的纯技术的幻觉让我们放松了对被控制的警惕，没有人再愿意接受一个古典意义上的君主的控制，但是却愿意接受大数据的筛选、定位、引导以及全景式的监视。韩国哲学家韩炳哲特别提醒了这一数字化霸权:"在亚洲几乎没有反数字监控的批判意识。即使是在日本、韩国,人们也很少谈论数据保护,没有人反对疯狂的行政数据采集。"我们可以预见,即使疫情在很短时间内结束,这种数字化的管理和控制模式也不会得到削弱,而只会得到加强。根本之处,在于他者已经成为一种传染性的恐惧,而数字化似乎是唯一可以抵抗这一"敌人"入侵自我的有效方式。在这种大趋势下,数字化生存已经是"众望所归",在个人、政府和资本多重利益的叠加中,数字化不仅仅是一种管理方式,也会是一种生活方式,甚至是一种新的政治文明。

四

那么,针对前面的几个疑问,我们也许会产生一个新的疑问,难道只有这些看起来有点"负面"的可能吗?我需要特别强调一点是,自利、恐惧和数字化本身并没有"负面"或者"正面"的价值预设,对于其"负面"的感受,也许是人文学对于政治学天然的不信任。既然如此,我们当然可以用一种看起来更积极的词汇来描述这种可能，比如，自利主义也可以在一定程度上转化为一种自爱主义，而适度的恐惧会让我们学会克制自己的欲望和贪婪——既然欲望和贪婪在所有的人类学中都没有办法泯除。数字监控也可以借助一定的律法予以限制，在最大可能上保持人的自然权利，并通过数字化将互助型的社会推向一个更完善的层面。这一切听起来是不是相当不错，而且显然会让我们好受很多。但一个关键问题是，在什么时候什么情况下这种转化会发生？正如布莱希特那句世纪之问："是的，一个新世界。但什么时候？"即使睿智如柏拉图，也只能求助于好运气：也许正好碰上了一位贤良的君主呢。而我的方案是，先做最坏的打算，但也不拒绝人类一直拥有的那么一点点好运气。

走进人间的

烟火

翻越喜马拉雅

从中国的首都北京到喜马拉雅山，全程有7000多公里。坐特快列车经石家庄、太原、银川、兰州、西宁，一路向西，然后是拉萨，列车在这里止步。接下来要换上汽车，经达孜、墨竹工卡、工布江达、林芝、米林、定日，然后，我们就可以望到珠穆朗玛在天穹下圣洁的面纱了。喜马拉雅，hima alaya，雪的原乡；珠穆朗玛，喜马拉雅的三公主，美丽神秘的女神。

如果人间的勇士翻过珠峰，在喜马拉雅的南麓，在菩萨的法眼中，我们会看到一个"唯一百花盛开"的国度，尼泊尔。

这是我无数次想象过的旅程。从最世俗繁华的帝国之都，借助现代化的交通工具，最后抵达佛陀诞生之地。这一路上的风景，大概世间的语言都难以穷尽。卡尔维诺在《看不见的城市》里描述过一个在半空中建筑的都市，只是遗憾的是，即使如马可·波罗这样的历险者，也不能在真正的意义上抵达该地。博尔赫斯则对古老的中国情有独钟，他离中国最近的一次是在日本，据说他找到了一块汉碑，并用手指摩挲着上面的汉字。

对我来说，加德满都就是半空中的城市，巴格马提河和比兴马提河从珠峰导下雪水，那就是神的汗水和泪水。我想象过我是一位衣衫褴褛的托钵僧，在加都，在帕坦，在巴德岗和博克拉，在兄弟姊妹的密语中匍匐开悟，在行脚和祷告中见证生命的本真和神迹的无处不在。

是的，我一直想去一次尼泊尔，但至今没有成行。

现在，非常荣幸的是，我的诗歌先我一步抵达了尼泊尔，并且用的是另一种语言和另一种表达方式。每一个诗人都靠乞讨语言来生存，借助翻译的巧夺天工，我的诗歌获得了新生。

我曾经写过一首短诗，只有四句：

在宇宙的法眼里

菩萨不过是一阵风

我爱你的执念

不过是风中的一道闪电

希望我的诗歌就是风和闪电，能够在陌生的异域遭遇到有趣的灵魂。感谢每一位读到这些诗的人——

翻越喜马拉雅，在雪的寒气和洁白中，一位中国的诗人用汉语向你们致敬。

（《我选择哭泣和爱你》英文及尼泊尔文双语版自序）

188

美国的五个镜头

题记：美国是一部电影——波德里亚

一、纽瓦克国际机场

飞行了十四个小时后，飞机降落在纽瓦克自由国际机场，我们一行十几个人将从这里入境，然后转机波士顿。我们的美国之旅将从这里开始。世界上所有的机场都一样，所以大家并没有感到兴奋。排队等候的人并不是很多，据说纽约国际机场入关需要排队四个小时左右，而这里，目测大概半个小时就够了。

我随意观察四周，机场设施比较陈旧，考虑到这是一座40年代就已经投入使用的机场，这在情理之中。周边有众多的中国人，我后面是两位手持中国台湾地区护照的女学生，两个人一边排队一边低声说话——虽然人数不少，但整个入境期间都没有大声的喧哗。这是美国和中国非常不同的地方，美国的公务人员办事效率特别低，慢吞吞的，如果是在中国估计就要被责难了。但美国人似乎很享受这种过程，最大的明证就是随后在转机柜台，我们旁边的一个队伍前面有两位女士在购买转机机票，等我们十几个人将全部手续办完，那两位女士还在柜台前面选票，而后面排队的旅客，也非常耐心地等待着。

很快就到我办理入境手续了，一个黑人警察非常和善地接过了我的证件。他用英文问我是否第一次来美国，我还没回答，他突然就换成中文："第一次，来美国？"这让我很惊讶，更有意思的是，在按指纹的时候，他又用英语问我："四指并拢用中文怎么说？"当我告诉他的时候，他马上拿出一个小本本认真地记下来，我瞄了一眼小本本，上面记了很多中文短语。我很好奇地问他为什么学习中文？他回答说，每天入境的中国人太多了，他们不懂英语，每个人都只会说："Wonderful！ Wonderful！"他一边说一边做出丰富的面部表情，难得一入境就碰到这么可爱的警察，本来我想多聊几句，但隔壁柜台的一个白人警察似乎很警惕，用不满的表情暗示了黑人警察几次，黑人警察冲我做了个鬼脸，耸耸肩摊开双手，我们的交流只能到此为止了。事实证明，碰到这样可爱的美国警察仅此一次，大部分的美国警察都是凶巴巴而傲慢的，在国内无论大小事都可以找"警察叔叔"的事情在美国就别想了，他们会回答说："这不是我的职责范围。"

我注意到美国入境处的警察都是荷枪实弹的装备。后来的一段时间我们在美国频繁转机，才发现美国的安检比中国要严格得多，任何一处机场都要脱鞋，解皮带，不分男女。而且一旦安检人员对你稍有怀疑，立即就会进行严格盘查甚至是送进审查室——当然，据我们之中进过审查室的人说，审查室里面坐的全部是有色人种，没有白人。导游给我们的解释是，在"9·11"恐怖袭击之前，美国的安检是很松的，恐怖袭击之后才变得这么紧张。而且我们在美国的时间正好接近美国的国庆日，全美更是如临大敌。事实是，在7月4

日，中央公园发生了一起爆炸案，幸好没有人死亡；随后得州发生黑人退伍老兵袭击警察事件，导致五名警察身亡并引发得州大骚乱。

回国后我又在网上搜到了如下信息：2001年9月11日早晨8：42，联合航空UA93号班机从A17号登机门后推，预定前往旧金山国际机场。两个小时后，班机不幸坠毁于宾夕法尼亚州尚克斯维尔镇。根据当时的飞行路径以及事后搜集的各种资讯来看，多数人认为恐怖分子原本可能是要以华盛顿特区内的地标做攻击目标，如国会山及白宫，可能是机上的乘客阻止恐怖分子的行为导致了飞机的坠毁，为了纪念这次事件，机场由原名"纽瓦克国际机场"（Newark International Airport）更名成"纽瓦克自由国际机场"（Newark Liberty International Airport）。

我大概理解美国警察们的紧张情绪了。

二、梭罗

我们在波士顿地区停留了好几天，因为这里是美国的科教文化中心，恰好符合我们这次旅行的主旨。

哈佛大学、麻省理工、国王女子学院、耶鲁大学、梭罗故居、爱默生故居、马克·吐温故居……

美国的大学没有围墙，没有什么东门西门之类的，所以也看不到保安。校园里人流如织，基本上看不太出来谁是学生，谁是游客——唯一区别的方法就是是否拍照，举着手机不离手的人大概就是游人了，其中又以中国人居多。几所大学中最让我印象深刻的是麻省理工，他们的教室全部开放，游人可以随意进入到任何一个教室，因为是假期，教室基本上都是空的，不知道平时上课的时候是否也是如此。另外就是麻省理工的实验室随处可见，据说是为了方便学生能够在灵感突发的时候快速找到实验室进行记录和操作，这一点，麻省理工简直就是天才的思维，仅凭这一点，就值得中国的大学学习很多年。

我们一行钻进一间教室，假装上了一节课。作为一位教师，我的感觉是，这间教室无论是采光、通风、黑板的视觉设计都非常人性化，课桌椅极其舒适，我敲了敲桌子，很想知道是什么材质，细节处见成败，国内的大学大师大楼先不说了，能把满教室吱吱嘎嘎的桌椅改造一下，也就是一大进步。

但并非所有的人都喜欢世俗意义上的舒适生活，比如梭罗。这位仅仅活了四十四岁的康科德镇的公民，超验主义的倡导者，生前仅仅是爱默生的追随者而死后却获得世界名声的作家，他认为舒适的生活并非仅仅是物质的富足，恰好相反，物质的富足可能会遮蔽我们认识自然和真理的眼睛，反而是让生活变得更加糟糕。梭罗于是决定在瓦尔登湖隐居，以此澄清自我的心灵，在朴素中感知自然的美和上帝的恩典，他的思考写成了《瓦尔登湖》一书，并成为美国有史以来最畅销的散文作品，"瓦尔登湖"也成了回归自然、皈依心灵的代名词。著名作家厄普代克在给《瓦尔登湖》的其中一个版本作序说："梭罗是一位隐居的圣人。"但实际上可能并非如此，梭罗不过是回应了十九世纪席卷全欧的浪漫主义美学思潮，这股思潮反对工业化带来的物质丰富和精神粗俗，要求回归到一种更古朴更有田园色彩的生活中去。在英国，它最有影响的文化代表是约翰·罗斯金，他说："不要寻求更多的财富，而要寻求俭朴的乐趣；不要寻求更多的产业，而要寻求更深沉的幸福。"这种乐趣和幸福的生活，只能是向自我索求，前提是，可以拒绝一切物质主义的干扰。

梭罗当年的小木屋已经不复存在，可能是太简陋经不起时间的摧残。在原址的附近有一间复原的小木屋，面积很小，里面只有简单的床和桌子，以及冬天生火御寒的炉灶。遥想当年梭罗坐在这个小木屋里，以孤灯为伴，缩手缩脚地写作，一定是有一种内在力量的支撑和鼓励。当然，无论是过去还是现在，能够理解这种内在性的人，总是很少，孤独的梭罗也就只能在多年后化身为一座雕像，供游人们拍照纪念。

美国学者马丁·威纳用了一整本书来探究英国工业精神衰落的原因，他认为最主要的，就是在1850年左右兴起的以罗斯金为代表的反对物质主义，追求自然美学的社会文化思潮，他认为这一思潮的兴起，导致了英国的工业阶级不敢张扬自己的物质主义精神和财富生活的快乐原则，以至于英国的工业精神在工业革命之后没有得到保持，而是转移到了美国。从这个意义上说，美国人比英国人聪明，他们在需要工业革命和财富的时候，梭罗就仅仅是一个不合时宜的籍籍无名的作家；而当他们需要环保主义和生态哲学的时候，梭罗就变成了伟大的思想者和先驱。

对于写作者来说，如果需要孤独的精神财富，可以拥抱梭罗，如果需要世俗的物质财富，可以拥抱马克·吐温，他的豪宅让我们所有的人惊讶并感叹。

总之，林间的小道不止一条，且条条相通。

三、纽约纽约

条条大路通罗马。

条条大路通纽约。

我大学时代的一位老师曾经对我说，如果只有一次机会出国，他首选就是去纽约，他的原话是："我想见识一下最强大的资本主义是什么样子。"

二十世纪九十年代在中国风靡一时的电视剧《北京人在纽约》的开篇词类似于布道者的声音："如果你爱他，请送他去纽约，因为那里是天堂；如果你恨他，请送他去纽约，因为那里是地狱。"

这些夸张的表达和想象都证明了戴锦华教授一句经典的断言：美国内在于我们。

那什么是最强大资本主义帝国的象征呢？

是游人如织的自由女神像以及曼哈顿上区的那些高楼大厦？在今天的中国人看来，这些和上海外滩似乎区别不大。

是那些在曼哈顿低空盘旋的直升机和河流上的大游轮？同行的朋友说，这才有一种美国大片的即视感啊。

还是星罗密布的地铁线路，随时能看到一只只老鼠跑过。或者，是在中央公园躺椅和草坪上东倒西歪的流浪汉，他们毫无生活目标，一味享受着免费的空气和阳光。

很久之前，美国著名的随笔作家怀特曾经在他的名篇《这就是纽约》中对纽约做了精彩的描述：

大体说来，有三个纽约。一个属于土生土长的男男女女，他们眼中，纽约从来如此，它的规模，它的喧嚣都是天生的，避也避不开。一个属于通勤者，他们像成群涌入的蝗虫，白天吞噬它，晚上又吐出来。一个属于生在他乡，到此来寻求什么的人。在这三个动荡的城市中，最伟大者是最后一个——纽约成为终极的目的地，成为一个目标。正是这第三个城市，造就了纽约的敏感，它的诗意，它对艺术的执着，连同它无可比拟的种种辉煌。通勤者使它如潮涨潮落般生生不息，本地人给它稳定和连续性，移居者才点燃了它的激情。

但是怀特可能还忽略了一点，还有第四个纽约，那就是旅行者的纽约——尤其是那些常年生活在意识形态想象中的游客。在他们的想象中，纽约是"万国之国"，代表了某种终极的自由和价值，在这样的想象中来到纽约，他们也许会生出一种梦幻之感，尤其是当旅行的快节奏将一切存在的事物以快镜头的方式展示出来的时候。而当夜晚躺在汽车旅馆的床上，看着窗外的月光时，却也会生出一种淡淡的忧伤：也不过如此而已。

不管怎么说，纽约象征了整个现代，或者说，纽约的典范性其实超越了意识形态的范畴，也跨越了资本主义与社会主义的鸿沟。纽约承认一种现实性，并将这种现实性建构在梦幻和臆想之上，就如《穆赫兰道》所隐喻的那样。由此，我们也可以说，纽约集中体现了现代这一历史产物的全部坚强和全部脆弱。

是的，全部坚强和全部脆弱。

还是用怀特的话来说明这个问题，他说：

按理说，纽约早就该毁于恐慌、大火、骚乱，或者循环系统某些攸关重大的供应管线的失灵，或者哪种莫名其妙的短路。城市早就该在某个意想不到的瓶颈处，发生难以收拾的交通混乱。食品供应线若是中断，只须几天，城市就将饿毙。贫民窟流行或船只上的老鼠传播的瘟疫会扫荡它。海浪会从四面八方席卷它。每隔几天，从泽西吹来的烟雾，就像恐怖的裹尸布，大白天遮挡了所有的光线，大楼的办公室仿佛悬在半空，人们摸索，沮丧，只觉得世界末日来临，如此这般，在那些密密麻麻的巢室里工作的人，怎能不精神失常。集体歇斯底里是一股可怕的力量，然而，纽约人似乎每次都能与它擦肩而过：他们坐在半途停顿的地铁车厢里，没有幽闭恐惧感，他们靠几句俏皮话，摆脱惶恐局面，他们咬定牙关，耐心承受混乱和拥堵，凡事总能对付过去。所有设施都不完善——医院、学校和运动场人满为患，高速路乱乱哄哄，年久失修的公路和桥梁动辄寸步难行，空气窒息，光线不足，供暖要么过头，要么差得远。可尽管麻烦不断，效率低下，纽约却以大剂量的维他命补偿了它的居民，这就是对一种独特的、国际化的、强大的、无与伦比的事物的从属感。

而他最惊悚的预言则是：

纽约最微妙的变化，人人嘴上不讲，但人人心里明白。这座城市，在它漫长的历史上，第一次有了毁灭的可能。只需一小队形同人字雁群的飞机，立即就能终结曼哈顿岛的狂想，让它的塔楼燃起大火，摧毁桥梁，将地下通道变成毒气室，将几百万人化为灰烬。

在"9·11"恐怖袭击的地下遗址里，我看着那一堆堆的废墟、一张张遇难者的照片，耳边循环着现场爆炸声、求救声和祷告声。我默然很久，突然又想起一句格言：

Tout passe, tout casse, tout lasse.

翻译成中文的意思是:"全部都已消逝,全部都已破碎,全部都让人厌倦。"

这大概就是现代的命运。

四、丹佛的草坪

我们一行来到了美国的中部城市丹佛,即使是在美国,这座城市也仅仅因为滑雪而为人所知。我们则必须借助网络上有限的资料才能了解这座小城的一些片段。

但我们来此的主要目的不是观光,而是访友。所以当来自安徽的丹佛女导游很无奈地将我们带到丹佛市政厅的时候,我们都笑了。女导游是因为觉得丹佛没有什么景点而感到有些抱歉,而我们,则为导游的这种误会而觉得她有些可爱。

我们要去拜访两个人,一个是刘再复,一个是李泽厚。

刘再复先生站在家门口迎接我们一行,他戴着一顶草帽,宽大的帽檐正好可以遮挡阳光,穿蓝色的衬衫和浅色的裤子。在房子后面的草坪上，已经摆好了各种水果和零食，刘先生热情地招呼大家坐下。对文学圈的人来说，刘再复不是一个陌生的名字，1985年他发表的论文《论文学的主体性》曾经轰动一时，那一年被称为"主体论年"。那是一个时代的标签，文学的风向曾经如此现实地改变着世界和人生。

这是我第二次见到刘再复先生。第一次是在三年前，香港科技大学，我应邀去参加一个当代文学的会议，在会上见到了刘再复先生。第二天早上我们一起在海边散步，他谈了很多问题，从八十年代到当下，从文学到政治，他有一口福建口音的普通话，热烈，亲切，随和，有一种当下知识分子所少有的激情和谦和。我还记得当时我写过一篇关于"主体论"的论文，他居然认真读完了，而且提出了很多中肯的意见。这是那一代人的风范，在这些老人的身上，有一种我们所缺少的天真和赤子之心。这一次聊天依然热烈，大多数时候是刘先生在说，我们在听。我印象深刻的一段话是他说：现在世界普遍懒惰，没有思想了，因为没有思想，所以整个世界都陷入重重困难之中，找不到出路。

我赞同他的说法，思想的懒惰已经成为我们时代的痼疾。大概没有一个时代的思想像我们现在这么贫瘠吧——这种贫瘠甚至带有恐怖主义的气质。

和刘再复聊了一会儿天后，他就带我们去见李泽厚先生。刘先生不停看表，他说李泽厚是一个对时间非常苛刻的人，必须严格按照事先约好的时间来，早一点儿晚一点儿都不行。他们两家相距很近，等我们到的时候，李泽厚先生和夫人已经在客厅等候我们了。这是我第一次见李泽厚，这位八十年代的美学领袖，最早提出的实践美学、积淀说开启了整个八十年代思想的闸门，他不仅引领着那个时期的思想前沿，同时也留下了丰富的话题，供同代人或者后来者进行呼应甚至是批判——至少在八十年代，批判李泽厚也是学界的一种时髦。

李泽厚先生穿了一件格子衬衫，灰色的裤子，戴眼镜，与刘再复魁梧的体型比，他显得非常瘦弱。我们一行人纷纷向他问好，他一一点头致意，动作比较缓慢。他的眼睛里有深邃的东西，言语也不多，我曾经听说过八十年代他讲课时候的盛况，也看过很多他和刘再复先生的对话，照理应该是善于言辞表达之人。也许他只是不愿意多说而已，对一群谈不上熟悉的故国来客的喧扰，他只是保持了礼貌的沉默。

我印象深刻的倒是他的书房，除了挂满墙壁的一些纪念照片，书其实只有很少的一架。这让我想到钱钟书先生，他也是没有多少藏书的。这里面大概有一种哲人式的决绝，和世界的关系并不能靠书来维持，通往美与真的路，至少也得知行合一吧。

最后告别的时候，我问刘再复先生，最近在忙什么。他回答说，正在和李泽厚先生进行一个新的对话，题目叫：建设中国。

五、城市之光

旧金山是我们此行的最后一站。

"城市之光"是旧金山的第一站。

书店坐落在两条路的交会处，左边的路口坐着两个年轻的流浪艺人，正开始弹吉他，他们的对面，有一个乞丐默默地看着自己眼前空空的饭碗，里面大概有几美分。他背靠的，就是当年"垮掉的一代"的大本营——城市之光独立书店的南墙。

艺术家、流浪、乞丐、先锋、叛逆，构成一组奇特的精神地图。

据说这家书店五十多年来的格局几乎不变，地上二层，地下一层。地下一层主要出售摇滚乐和当代艺术方面的书籍；地上第一层是各国文学，在这里我们发现了阎连科老师的作品的英译本，在美国，中国作家的书籍其实并不多见；地上第二层全部是诗集，在拥挤的角落里，摆了一张宽大的褐色的木椅子，上面写作"poet's chair"。每个人都可以在上面坐一坐，体验一下当年诗人们留下的臀部的余温。

那是风云变幻的六十年代，从东方到西方，反抗构成了生命的底色。一代青年人在导师们的召唤下向现实世界发起猛烈的挑战，就像堂吉诃德骑着一匹瘦马冲向大风车一样，这些挑战注定会失败，并且注定会在日益资本和功利主义的时代遭到嘲笑。但那奋不顾身的热情，却也在历史的长廊中留下了不败的偶像：披头士、垮掉的一代、五月风暴、切·格瓦拉……这个时代孕育的热情，正如著名文化批评家杰姆逊在其长文《六十年代断代》里面所阐释的，并没有熄灭，只是以更加压抑的姿态，在地底下运行。我想象着一头乱发的金斯伯格在"城市之光"的楼梯上放声朗诵他的《嚎叫》：

我看见这一代最杰出的头脑毁于疯狂

用梦幻，用毒品，用清醒的噩梦，用酒精和阳具和数不清的睾丸

他们在胳膊上烙满香烟洞口抗议资本主义整治沉醉者的烟草阴霾

他们在联合广场分发超共产主义小册子，哭泣

他们在空荡荡的健身房里失声痛哭赤身裸体，颤抖在另一种骨架的机械前

……

我跟你在罗克兰

在那儿一共有二万五千发疯的同志唱着《国际歌》最后的诗节

我跟你在罗克兰

在那儿我们躺在床单下拥抱亲吻美利坚合众国那整夜咳

嗷不让我们入睡的美国

我跟你在罗克兰

在那儿我们从昏睡中惊醒被自己轰鸣在屋顶上的灵魂飞机所震撼……那永恒的战争已经来临啊胜利忘掉你的内衣吧

我们自由了

在历史和自由之间，金斯伯格那一代人以反历史反文化的方式去追求自由。那可能是现代以来人类对制度的最后一次大规模的反抗，然后，历史胜利了，而自由，消失在时间的深渊里。在今天，我们或许可以说，我们是一个历史主义者或者历史虚无主义者，却没有人敢说我们是一个真正的自由主义者。

城市之光在圣弗兰西斯科的夕阳之中四散而去，一丝自由的阴影惆怅地涌上了我的心头。

南国之南，赤坎赤坎

一

从北京到广东，两千三百公里，高铁八个小时，飞机三个半小时。

从广东到中山，九十公里，高铁三十分钟，驾车一个半小时。

从中山到开平，一百公里，驾车两个小时。

从开平到赤坎镇，十五公里，驾车三十分钟。

或者从广州直接走佛开高速，一百五十公里，驾车两个小时，也就到了赤坎。

广东在北京的南边，赤坎在南边的更南端。

在12月雾霾茫茫的北京，我收到你的信息，来吧，来南方吧。那个时候我正戴着口罩，在4号线地铁拥挤的人群中艰难地呼吸。当我看到你的信息，眼前瞬间闪出一幅郁郁葱葱的画面，仿佛有一丝光亮从地铁的狭缝之中挤进来，新鲜空气的味道填满我的鼻孔。"你是要带我去吃翠园的早茶吗？"你回复了一个红心。我冲着我对面的陌生男子笑了笑，在他的一脸无辜之中，我在手机上点下最快的航班，我要去南方了。

你要带我去哪里呢？

太古汇。广州最繁华的购物中心，我们会一大早起来，到翠园里点上一壶茶和几盘点心，我最爱吃的是马蹄糕，脆嫩爽口，不油腻，你最爱吃的是虾饺，薄薄的皮和厚厚的馅。我们慢慢享受这人间的口福，然后等人流开始熙熙攘攘，我们的早茶时间结束。轻轻将盘子推开，抿一口茶，相视一笑。接下来的时间，就属于那些橱窗和模特，那些精致的商品和适合我们身体的衣服。我们在里面购买过很多东西，一枚小小的发夹，戴起来像蝴蝶在飞舞；大衣，即使在南方的冬天，也是需要温暖的包裹啊。还有一次，我发现了最有个性的一款苹果手机壳，银色的，翅膀的形状，上面有凸起的压纹，它有一个好听的名字"天使之翼"。其实它的保护性不是很强，但是，我依然买了两个，一个立即使用，一个备用。康德说，美就是让人惆怅的东西。而我说，美就是让人想拥有的东西。很抱歉，我的境界没有康德那么高。

顺德。那里有最好吃的双皮奶和最茂盛的大榕树。我们一起去找那棵最古老的榕树，据说它有千年以上的历史，它的冠盖亭亭，下面坐得下一个家族的全部人丁。我们没有找到，却顺便沿环城公园绕了一圈，那里有很多很多的大榕树，每一棵大榕树都吊着长长的榕须，下面坐着老人和小孩，也有恋人和陌生人。你告诉我，在很多个傍晚，你穿过这个城市的大街小巷，在一家甜品店坐下，双皮奶就像圣诞老人的礼物，那是甜蜜的祝愿，将你的孤单，分享给每一个无家可归的人。你仅仅是领着我吃了一次，一杯，自此任何地方的双皮奶我都觉得只是简陋的摹本，唯有你面前的那一份，我才认领。

唯爱与美食不可辜负。

唯泪水与汗水值得珍爱。

那这一次呢？你要引导我去探索何种秘境？在时间的仪式中祷告哪一种甜蜜？

你纤手轻点——赤坎。南国之南，仿佛有一阵热风将我从北京的雾霾中卷起。

八千里路云和月。

云是什么时候的云？月是什么时候的月？

千年前的张若虚在江边感叹："江畔何人初见月？江月何年初照人？"那条江，是春江，那轮月，是春月，那个时刻，是一个让人无法忘怀的关于时间、历史和人生苦短的夜晚。

那这一次呢，在旧年新岁交换的时刻，在冷暖气流回旋的区域，在一方我们以前从未踏足过的土地上，我们会遭遇到何种奇迹？

你化解我的好奇心，你说，那里有一条江，一条街，一座楼还有一个人。那条江，叫潭江；那条街，叫赤坎老街；

那座楼，叫碉楼。那个人呢？你笑语盈盈，这是一个不能预先作答的暗谜……

那就让我们沿着潭江开始我们的赤坎之旅吧，我已经给你带来了北方的冰露、雪花和手套，请你戴上。我也系上了你为我准备的绿叶和木棉花，这样我们可以百无禁忌，在菩萨法眼的注视下，将一段短暂的人生卷入无穷的未知。

二

我们沿潭江缓步而行。江水颜色为绿，没有波澜。一抹夕阳的余晖洒在水面，偶尔有一阵风吹过，水波粼粼。我们几乎没有说话，但突然，你问我，这粼粼的水波中藏着什么？对啊，我们刚才看到了江边的树，那是人工种植的，不过是为了城市的景观，这些树虽然努力长出自己的模样，但却不得不屈服于人类对它的修剪。我们也看到了一束一束的花，无名的花，在水泥浇筑的江岸上努力展示生命的热烈，它们卑微，几乎无人注视。我们甚至还看到了一条细细长长的小蛇，幸亏我们没有打扰它，它自如地钻进了幽暗的角落。这些树、花、蛇，还有江中的其他诸多的生物，就是江水的全部内容吗？除了这些有形之物，一定还有很多无形的物质吧。

孔子看到水，他说"逝者如斯夫，不舍昼夜"。

赫拉克利特看到水，他说"人不能两次踏进同一条河流"。

杨慎看到水，他说"滚滚长江东逝水，浪花淘尽英雄"。

这二百四十八公里的潭江，没有黄河汹涌，也没有长江滔滔，但是它也和所有的水一样，在沉默中酝酿着力量，在不言不语中蓄积着时间和历史。"上善若水""沉默是金"，这些都可以用来描述我们面前的这一江水。它超越了我们目光的所及，同时也超越了我们的人生长度，不过在这个下午的此时此刻，它却温顺如爱人，如我的邻家少女，如我们眼前的彼此。用言语所能表达的，都不是水波的故事。那故事，在一次次的风里浪里，在一艘艘的船上，在水手们夜半不眠的歌声里，在那些歌声里，故乡人带来了异乡人，异乡人变成了故乡人，码头起了，墟镇起了，碉楼起了，繁华和落寞也同时起了……

赤坎镇，就在这潭江的两岸起了。

据史料记载，1676年赤坎已有水渡码头，而后几经变迁，才有今天这中国第五大名镇的赤坎镇。

你笑话我，这是从哪里查来的历史？赤坎镇不就在你的眼前和脚下吗？何必舍近求远？

我同意你的说法。发黄的史书记载的东西，往往真假参半。历史的发生，有多少必然，就有多少偶然，有多少巧合，就有多少误会。宫崎市定在《中国史》的开篇描述人类保存火种的过程，一个人偶然发现了火，然后开始传递火种，中途灭了，再回去，又灭了，又回去……如此重复，然后火种就一点点地传遍四方。1676年的赤坎是什么模样？1676年以前的赤坎又是什么模样？也许是一个顺江而下的水手在漫长疲惫的航行后突然发现了一块绿洲？也许是一个逃亡的罪犯在亡命天涯的最后突然看到了植物和水源？也许是烟瘴之地，被一群来自他乡的淘金者奋力开拓？

历史的源头就是一江沉默的水，一团缭绕的雾，一只高飞的鸟。

那就让我们看看这眼前的、真实的赤坎老街吧。说是老街，并不老，大概是民国时期的产物。那时候神州陆沉，生民艰辛。沿海人民出于谋生的目的，远赴欧陆，这大概是近代历史上中国的第一波"出国热"，但背后的辛酸，却昔非今比。身在他乡心系故土，那些贫苦的人在国外挣下产业，就一拨拨地回国，盖起了这一座座中西合璧的骑楼。骑楼，顾名思义，楼上有楼之谓也。其基本建筑理念，综合了东西方的审美和实用，楼上可为宅，楼下可经商。回廊可避雨，楼高可避潮。

你指着一座骑楼上的斑驳字迹，你看——"中华大影院"，那"中华"两字已经模糊，但大影院却异常清晰，想象一下一百年前，年轻的赤坎人从喧嚣的闹市走进这中华大影院，在大银幕上观赏一部好莱坞的声光电，然后电影散场，转过身，走进拐角的"夜巴黎"咖啡厅，来上一份原汁原味的煲仔饭。

你决定请我吃一顿原汁原味的，即使是在真正的巴黎和纽约都让人梦萦魂牵的煲仔饭。首先要有砖石和红土垒成的大灶台，其次要有能烧得噼噼啪啪作响的好柴火，火光浓艳，还要有好米好油，要用上等的鳝丝为伴，然后浇上独家

217

秘制的汤汁。

亲人，请了！

最好吃的饭，就是这红土柴火煮出的赤坎鳝丝煲仔饭。

舌尖和胃部，是我们的原乡。

然后，我们在骑楼下喝一杯茶，听到悠扬的钟声响起，那是赤坎两大家族——关家和司徒家——的钟楼在报时。

"人时已尽，人世还长。"这一条街的烟火，真让人心生爱意。

三

你说，要是有点细雨，去看碉楼，就好了。

然后果真下起了细雨。

"南朝四百八十寺，多少楼台烟雨中"，没有雨，那楼台就没有灵魂了。

世界上有很多楼，最繁华的，可能是隋炀帝的迷楼了。那是为了声色犬马，为了享受肉体的欢愉和精神的狂放。而最朴素的，可能就是这赤坎的碉楼了。

碉楼起于实用，兴于经济，终于历史。最开始不过是为了防盗抗匪，保护财产人身；后来经济兴盛，于是起土木而彰实力；美与用的结合，造就了赤坎碉楼的蔚然大观：全盛期有三千多座，到如今，也有一千八百多座。比南朝的四百八十寺，多了岂止一倍！

碉楼按材质计有钢筋水泥楼、青砖楼、泥楼、石楼，按功能则有众楼、居楼、更楼等。

你问我，哪一种楼更坚固？更不可摧毁？

我们登上了其中的一座。全水泥结构，楼高三十余米，每一层有瞭望孔，机枪眼，最高处有瞭望塔，可以俯瞰潭江，周围四顾荒野，唯一一座孤楼耸立。六十余年前，这里是激战的场所，孤胆英雄数人，以此楼为凭借，扼守潭江之咽喉，意欲抵抗大批的日寇南下。这是孤注一掷的战斗。普通人在绝望中奋起，在失败中反击，又把献身的激情转化为对生的渴望。他们战斗，战斗，战斗，他们燃烧，燃烧，燃烧，他们在墙壁上刻下自己的名字，为的不是纪念，而是确认，确认一种意义的存在。

在潭江的清风明月中，在赤坎的朱红色的土地上，有他们的泪和血。

唯意志和鲜血不可蔑视！

哪一种楼更坚固，更不可摧毁？不是天上的楼，也不是地上的楼。天上的楼，神可以摧毁，地上的楼，人可以摧毁。

唯有人心和爱心的楼，固若金汤，万世不移。

你脸有戚容，细雨中的碉楼如一座座孤独的纪念碑，一千八百座碉楼就是一千八百个故事，更多的人与事，如细雨中的佛像。我们站在碉楼的瞭望塔上，看到细雨生烟，远处市镇的灯火明灭。有一个人唱起了古老的歌仔戏：我身骑白马啊，走三关……

请把手给我，我们一起鞠躬。

四

从北京到广东，

从广东到中山，

从中山到开平，

从开平到赤坎。

赤坎有一条江，叫潭江，它的两岸有高高的树和矮矮的花。

赤坎有一条街，叫骑楼街，那里有一个电影院，叫中华大影院，不放电影已有八十年。

赤坎有一种楼，叫碉楼。碉楼有一千八百座，座座是空楼。

赤坎有一种饭，叫鳝丝煲仔饭，一吃费思量，二吃想断肠。

我再也没有去过那里。

长江：成长与消逝

想起来，长江是我童年的关键词。

在电闪雷鸣、大雨滂沱的夜晚，总是能听到大人们窃窃私语：防汛、江堤、开闸、泄洪。那是八十年代最初的记忆，家族里的成年男性会按照一定比例去江堤上防汛——不去也可以，按人头收钱，等于是花钱免劳役。但这是极少数，在那个年代，人力不值钱，能出工一般不会选择出钱——窃窃私语中有那么一点神秘、紧张，似乎也有那么一点兴奋和恐惧。南方的多雨季节，很多男性会消失一段时间，他们住进了江堤上简易的工棚，暂时中断了农民、渔民和小手工业者的身份，变成了具有集体使命的守堤人。等到几个月后他们回来了，说起在江堤上防汛的日子，居然更多是睡觉、守夜、赌钱、打架。那些黑暗中的恐惧被方言的叙述所掩盖，那些跳入水中用身体抵抗洪流冲击的危险和勇敢也在笑谈中变得似乎那么平常。是的，当时只道是寻常——在我长大成人后才明白这里面的恐怖和壮烈。在长江宽达数米的江堤上，最危险的时刻往往是从一个小小的旋涡开始，旋涡在江堤的某一处，越旋越大，越旋越快，很快就是一个大洞，一个大决口，这个时候，警报声响起，所有的东西都必须成为障碍物去堵塞这个死亡的旋涡：卡车、拖拉机、沙袋以及——人。一个人跳下去，另一个人接着跳下去，然后是第三个，更多个，手挽手，肩并肩……在一些宣传的影像里，往往会突出这些画面。但对我来说，无论是陌生的军人还是熟悉的乡亲，这样的形象只会让我难受和害怕，我宁愿它从来没有出现过。但我也确实没有真正身临其境过，那只是爷爷、叔叔、兄长们偶尔在漫漫深夜不睡时的闲话，说完他们会敲一下我的头：你个小夜游神，大人说话你支棱着耳朵听啥呢？

我所能见到的都是睡醒后的长江。

一轮巨大的红日自水天相交处冉冉升起，水面波光粼粼，水汽氤氲，一切都朦朦胧胧。我站在长江枝蔓纵横的众多小水系的一处，揉着睡眼惺忪的眼睛，看见父亲披着一身粼光，提着一个水桶，大声地说："今天中午吃鱼!"是的，长江边的人，无论是老人、孩子，还是男人、女人，都是吃鱼长大的。吃鱼有讲究，又不那么讲究。讲究的是吃鱼以新鲜为最高原则，现捞现买现吃，鲜鱼不过午；不讲究的是大鱼小虾统统下锅上桌，烹调方法也简单：油煎或者水煮。只有过年的时候才会花样翻新一些，比如做鲜鱼丸子，将大青鱼一刀刀剁成细末，和上面粉，热油炸熟，外焦里嫩。那时候的一大欢乐就是和小朋友们围在灶台旁，等着第一捞勺出锅的丸子入口。在我的家乡，婚丧嫁娶、过年过节，重要的日子都要吃酒席，酒席上最重要的一道菜，不是大鱼大肉，而是丸子，我们家乡称之为"圆子"，可能取"团团圆圆、吉祥平安"之意。圆子主要有两种，一种是猪肉圆子，一种就是鱼肉圆子。圆子往往在席中上桌，同时鞭炮齐鸣，这个时候，才算是酒席的高潮。

据说长期吃鱼的人聪明，这一点是否科学我不太清楚，但吃鱼的人长寿却是我身边的事实。我两位太奶奶，都活到了九十多，其中一位还是方圆几里的打牌高手，八十多岁高龄时还威风不减，将小青年们的压岁钱尽收囊中。问其高寿且牌艺高超的秘诀，答曰："多吃鱼。"太奶奶一生艰难，但有一大利好，太爷爷是远近闻名的老中医，困难时期各色乡亲上门求诊，无钱支付问诊费，都是敬上几斤刚捞上来的鱼。我这些年在世界各地吃过很多种鱼，但让我念念不忘的，却一直是一碗家乡的"粉蒸小杂鱼"。那是一个夏天的黄昏，暖风和畅，一群人在水边嬉戏，这个时候有人大喊了一声："下河捕鱼吧！"三五青年立即响应，摇起渔船，在水中央撒下一圈渔网，不过十几分钟的时间，一网活蹦乱跳的小鱼小虾上岸了。那时候的习俗是，见者有份。我也分到了一小筐，水淋淋地拿回家，母亲二话不说，用面粉一裹，放点细盐，架上蒸笼，晚餐的时候一人一碗。那是藏在我味蕾深处最长情的记忆：酥、香、鲜、嫩。也许这里面夹杂着一些乡愁和童趣，但不可否认的是，我因此而相信了"休说鲈鱼堪脍，尽西风，季鹰归未？"一碗小杂鱼，也时时勾起我的归乡之心。

长江不仅有鱼，也有米。长江两岸都是"鱼米之乡"。

一般来说，这里的米指的是稻米，因为水系的发达，长江的稻米一年两熟，为一个忧患的民族提供了一份口粮。但在我的记忆里，米却不仅仅是稻米，更指一种长江水系特有的"米"——菱米。它是一种草本植物菱的果实，往往生长在深水区，以春夏季最为茂盛。菱米通称菱角，但是我以为这里得做一点区分，菱角更强调外形，两角尖尖，一不小心会扎伤人，尤其是所谓的老菱角，简直可以用来做锐器。菱米则更指剥掉一层外壳的果肉，白色，三角形。吃法有两种，一种是剥开即食，类似于水果，清脆爽口，但有时候会有涩味。一种是蒸熟，选大个的老菱角，大火蒸煮，直至表面发黑为止，这时候的菱米变得厚实、沉淀，口感粉糯，可以解馋也可以充饥。至于菱米炖排骨、菱米炒肉那就是后来大饭店的吃法了。在八十年代，家乡的人更多是冲着菱禾去的，菱米只是附带的产物，往往是一船菱禾上岸，小孩子们就提着篮子一哄而上，将菱角采摘干净。主人家其实最需要的是菱禾，湿菱禾主要用于喂猪，是上好的猪饲料，晒干的菱禾则可以用作燃料，储存起来可解冬季之急。现在长江水系还有菱禾吗？我不知道，但我在北京确实很多年没有吃到过那种原汁原味的菱米了。

　　"一条大河波浪宽，风吹稻花香两岸。我家就在岸上住，听惯了艄公的号子，看惯了船上的白帆"。据说乔羽先生写这首歌词的时候，灵感就来自于他第一次见到长江时的情景。对我个人来说，这就是我童年的生活世界。防汛的恐惧和壮烈对我来说是故事和传说，江水、稻花和水面上来来往往的船只却是每天的日常生活。对沿江而居的人来说，其实有两个家，一个是陆地上的家，另外一个是水面上的家，那水面上的家就是船。船依其形体的大小，可以分为很多种，最小的叫"划子"，仅可容纳一人，这种船往往行于浅水区，一人一船一杆，常常用于放鸭养鹅。另一种能容纳十人左右，有船舱，可以做饭睡觉，前后有四支桨，船帆高达数米，在我们那个地区，这是最常见的一种船，一般一家一艘或者数家共用一艘，渔忙季节出江打鱼，农忙季节可以装载稻谷货物。木质渔船容易腐朽，所以要经常翻修，一般是在最酷热的夏季，将船拖上岸，翻过来，检查船体的缝隙，将麻丝、石灰等捻料嵌进缝隙，然后用桐油过漆，桐油一般要过三遍以上，在日光下暴晒，这样才能保证船体的坚固。修船人凿打船体的"笃笃"声和漆满桐油的船体的反光构成了夏日江滩独特的小型音乐会。

　　我无数次在黄昏时分目送一艘艘渔船从岸边起航，一声声的号子和"要安全啊""多打点鱼回来"的叮咛交错反复，又在某个清晨或者黄昏看到远方隐隐的黑点越来越近，然后孩子们都聚在岸边欢呼："回来啦！回来啦！"多年后我回想起这些场景，总是遗憾那个时候没有手机电脑，如果拍成视频，一定可以媲美很多电影大片。尤其还有一种"篙禾排船"简直可以称之为"奇观"：船体全部由长江里的一种韧性极高的禾科植物缠绕而成，我家乡的方言称之为"篙禾"，青色，高约数米，往往密集而生，谓之"篙禾山"，我后来查了一些资料，没有找到准确的名称。细细想来，称之为篙禾大概是因其介于"篙"即竹子和"禾"即稻禾之间，它有稻禾类似的外形和易燃性，又有竹子的高度和韧性，其果实称之为"篙芭"，形似茭白，但果肉里有黑色颗粒，炒熟而食，吃的时候一不小心嘴唇牙齿会乌黑一片。家乡人往往在秋初篙禾长势最好的时候出发"打（割）篙禾"，一边割一边结构篙禾排，禾排呈长方形，面积至少三四十平方米，然后插上船帆，驶回家乡，一路上生火做饭，吃喝拉撒都在禾排上完成。"打篙禾"既是体力活，也是技术活，更需要集体协作。往往一个篙禾排需要五六个壮年男性花费半个月左右的时间才能完成，尤其结构篙禾排需要上好的水平，否则篙禾排行驶半途就会散开，轻则前功尽弃，重则溺水丧命。这似乎是一个秘密的技术，在家族的暗道里流传，我当然从来没有参与过，也没有掌握过这门技术，那是在艰苦生存环境中与自然交换的智慧。这种交换有时候并不平等，在我的家乡有一句谚语"行船跑马三分命"，意指跑船和骑马一样，都是极危险的事情。在长江边生活的人，习惯于时时刻刻都有人溺亡于风浪，奇怪的是，溺亡者往往是水性极佳的人——这似乎也构成了一种玄学。虽然迷信的女性长者往往会借机散布水鬼水怪之类古老的传说，但是，对江边的孩子们来说，冲进水里遨游，清洁身体，与鱼儿为伴，向驶来的渔船和篙禾排欢呼，是生命中最重要的仪式，这个仪式战胜了对不确定的恐惧。没有被江水河水清洗过的人是不洁的，时至今日，我依然认为没有水就没有灵性，我爱水，远甚于山。

"逝者如斯夫"，时间的脚步一直没有停歇。慢慢地，篙禾排和小渔船消失不见了，在长江的主干道，行驶着越来越多大吨位的机动船、铁船和大轮船，汽笛的长鸣盖过了乡音的号子，耸立的烟囱代替了黑色或者白色的船帆。十一岁那年，我站在彭泽县长江码头，第一次近距离地目睹了客运大轮船巨大的躯体，那是一种强烈的视觉冲击：原来船可以这么大，可以这么灯火辉煌！我从这里出发，开始了第一次真正的长江之旅。少年的旅行更像是一次除旧布新，自那以后，家乡的小渔船成了一个梦中的幻觉，有时候我甚至会有疑问：那一幅如唐宋山水画般的景象真的存在过吗？一切都在瓦解之中，连我十一岁时候坐过的客运大轮船现在也已经消失不见了，我第二次乘坐客运轮船，已经是在遥远的异国波罗的海。"滚滚长江东逝水"，江里岸上的风景，渐渐物非

231

人非，我曾经浮游过的内湖，已经干枯缩水了将近一半，以前浩渺的湖面如今沟壑纵横，像一个老农皱纹密布的脸。我的太奶奶、奶奶、爷爷都已经去世，接下来会是我的父亲母亲，然后会是我——"四十年家国，如此骄傲如此难过"——长江不会记得这些注视、拥抱过它的人，它还会继续奔流，不分昼夜。

它山堰，十兄弟

宁波鄞州的采风路线分了两条，一条是东线，以名人故居为主，一条西线，以自然风光为先。我幼读《圣经》，知道不可立凡人为偶像；稍长又读尼采，受强力意志之说，贬偶像于黄昏，自然是不愿意去膜拜那些装神弄鬼的活死人。记得2008年在凤凰开会，作家批评家们蜂拥去沈从文故居，我过其门而不入，在大街上以看美女细腰为乐。我不讨厌沈从文，也喜欢他的作品一二，但我厌恶那些将他立为雕像的历史和人事，美需要的是一种天性，出于这种天性，我选择自然。

　　西线有三个景点：梁祝文化园、五龙潭、它山堰。

梁祝文化园是第一站。虽然打的是梁祝的牌子，但其空旷疏落更像是一处无人问津的荒野山林，其中也有曲径通幽，也有绿树婆娑，这种地方，大概每个城市都会有一个，供周末踏青之用，所以大概都是千人一面。鄞州当然有其不一样的地方，那就是这里有一处所谓的"梁祝墓"，建于东晋年间，实为晋鄞县县令梁山伯之墓，后不知几生几世，被人穿凿附会出一场哀婉缠绵的爱情传奇。我以前在杭州西湖边，也被人指点，何处是梁祝相会之所，何处是梁祝分别之桥。古人的爱情，在导游一本正经的电视剧台词式的讲述中变得有些啼笑皆非。不过我轻易就原谅了这些浮俗，想想人类从古到今，活得多么苦多么累，好不容易才敷衍出这么一点安慰自己的故事，又何必去计较它的真真假假，还是《红楼梦》里说的好："假作真时真亦假，无为有处有还无。"也罢，不如寒暄一句："梁兄，请了……"

冒着细雨赶到位于龙泽镇境内的五龙潭，是为第二站。顾名思义，五龙潭由五个山地型深水潭组成，皆依傍地势，蓄水待发。夏季水盛之时，又成瀑布之景。提到潭，不由得想起李白的"桃花潭水深千尺，不及汪伦送我情"。潭实在是奇怪的所在，即使如五龙潭中的白龙潭，深不过七米，但一眼看去，却有千尺之幽，让人油然而生敬畏之感。潭有一种天然的深邃、阴暗和拘囿，它的含义似乎包括如下这一点：有一种巨大的能量被禁锢于此，并终将在某一时刻爆发。在中国的传说中，潭是龙的行宫，这个奇怪而神圣的生物，在巡游四方之时偶然要栖身于这一个个的无底深渊。《易经》上说：潜龙在渊，大概也是这个意思。因为时间的关系，五龙潭我们不过匆匆看了其中两个，上述种种，不过是作文时的浮想翩翩，当时却不过是肤浅的过客，一众人等身披临时发放的一次性雨披，全改平日模样，因为雨披颜色为绿，所以如果有上帝之眼，会突然发现五龙潭边多了一群怪模怪样的"奥特曼"。

此日午餐需要特别提及，姜茶暖胃，几杯下去，春寒尽去。关键是吃到了久违的儿时食物——蚕豆。小时候我经常将焖熟的新鲜蚕豆以细线穿起，然后挂在脖子上，既是解馋的零食，又是装饰的"项链"。这大概是我们故乡的古老风俗。同行的小淘以此为奇，后来几天，每次吃到蚕豆，她都会说：嗯，吃了几根"项链"。

最后来到了它山堰。穿过几处错落的民居，在一片热闹的鸡鸣狗吠中，它山堰出现在眼前。第一眼未免有些失望，长不过一百三十米，宽不过区区五米。习惯了好莱坞大片视觉刺激的眼睛很难为这样的小工程亢奋，也许在好莱坞大片中随便炸毁的一座桥都比它庞大。但事实是，这小小的它山堰却是中国古代四大水利工程之一，它上蓄溪水，下挡咸潮，保证了鄞西平原数千顷农田的灌溉，同时拱卫宁波府，使其免受海水倒灌之扰。它的大，不在体量的庞大，不在口号、规模和修辞之大，它有一种另外的力量。我在堰坝上发现每隔一段距离，就有一个深深的圆形凹孔。据介绍，这是当年大船下锚所用。想象一下一千多年前它山堰的盛况吧，大船如织，物阜民安，商旅往来车水马龙。这就是它山堰的力量，它使得一方水土真正养育一方人民，它使得一方人民可以真正享受这一方水土。它以一种地方性的保护主义培育着一种地方性的文明伦理，这恰好是今天我们在全球化浪潮中所失去的力量。

转过身，堰旁立有一座小小的庙宇，本来对庙宇不感兴趣的我却被一句话打动——这是唯一一座供奉普通劳动者的庙宇——当地的一名老者如是说。不管唯一与否，庙宇供奉普通人就已经足够让我惊讶了。走进庙里，果然，十个普通劳动者的塑像立于庙宇之中，或持镐，或持锤，或持锹，或持斧。这塑像当然粗糙，但即使如此粗糙，一眼看去，也能感觉到他们那种劳动的热情和献身的忠贞。这热情与忠贞无关乎各种宏大的意识形态，它仅仅关乎生活和生命本身。这十个人被称为"十兄弟"，关于他们的记载少之又少，只是这么简单的几句，比如：

朱承祖：白石乡新安里人氏，里正朱天堂侄，自幼父母双亡，族里养大，家无牵挂，时年一十九岁。

金戈：建造它山堰普工，在家孑身一人，上无父母，下无妻儿，报名效死最长者；时年三十九岁。

徐世高：祖传木匠为生，曾为王公制作木鹅、木鸭测量古鄞江潮汛水位，时年二十六岁。

⋯⋯

中国的历史，很少记载普通人的故事，而这座小庙，居然成为历史的另类，将普通劳动者作为偶像来崇拜——不，不是偶像崇拜——而是对于一种真正的勇气和力量的赞美。这些年轻的古代人，他们身上肯定有一种更直接的人性，这种人性让他们不言不语但却自成境界。

在他们面前，我有一种现代的感动和羞愧。

图书在版编目 (CIP) 数据

一种模仿的精神生活 / 杨庆祥著. —— 北京：北京
十月文艺出版社，2023. 9
ISBN 978-7-5302-2218-8

Ⅰ. ①一… Ⅱ. ①杨… Ⅲ. ①随笔—作品集—中国—
当代 Ⅳ. ① I267.1

中国版本图书馆 CIP 数据核字 (2021) 第 246979 号

一种模仿的精神生活
YIZHONG MOFANG DE JINGSHEN SHENGHUO
杨庆祥　著

出　　版　北京出版集团
　　　　　北京十月文艺出版社
地　　址　北京北三环中路 6 号
邮　　编　100120
网　　址　www.bph.com.cn
发　　行　新经典发行有限公司
　　　　　电话 010-68423599
经　　销　新华书店
印　　刷　河北鹏润印刷有限公司
版　　次　2023 年 9 月第 1 版
印　　次　2023 年 9 月第 1 次印刷
开　　本　880 毫米 ×1230 毫米　1/32
印　　张　7.75
字　　数　116 千字
书　　号　ISBN 978-7-5302-2218-8
定　　价　48.00 元
如有印装质量问题，由本社负责调换
质量监督电话　010-58572393